乞丐王子

The Prince and the Pauper

角色互換的奇妙歷險

目錄

交換人生《乞丐王子》

劉美瑤（兒童文學作家）

《乞丐王子》是美國作家馬克・吐溫的文學作品，馬克・吐溫以幽默諷刺的寫作風格聞名於世，詼諧與辛辣的批判在他的另外兩本經典作品《湯姆歷險記》與《頑童歷險記》中尤其明顯。相較於後兩者，本書雖然同樣以兒童作為主角、以英雄漫遊呈現作者對社會的洞察與剖析，但是在筆觸上，馬克・吐溫並無使用展現旅行風光的寫作手法，而是採用與英國作家狄更斯較為相近的寫實筆觸，抒發悲憫與人道關懷。

《乞丐王子》以英國十六世紀社會為背景，文中出現的主角：愛德華六世，以及其他配角：亨利八世、瑪麗公主、伊莉莎白公主、簡・格雷小姐皆真有其人，因此可以把這本作品看作是歷史小說。

歷史小說大都是以曾經存在的人事物作為鋪墊，從中虛構／再現人間真相或真理。從這個觀點來看《乞丐王子》，故事讓愛德華六世與虛構的主角乞丐湯姆交換身分，「真」王子變成了「假」乞丐，流浪民間，親炙底層人民的窮苦艱困，宗教改革、經濟問題帶來的不安與暴亂，同時揭露在愛德華與讀者面前。

另一個主角假王子湯姆則是在英國皇室中遊歷了一回，讀者隨著湯姆的眼睛，一窺施行酷政的亨利八世身為慈愛父親的那一面，以及從年輕時便保守冷酷的瑪麗公主。

一、英國皇室

亨利八世：都鐸王朝（一四八五至一六〇三年間統治英格蘭王國及其附屬領土的王朝）的第二任國王，一五〇九年即位，一五四七年逝世，在位期間總共娶了六個皇后。為了與第一任皇后凱瑟琳離婚再娶，與羅馬天主教廷（舊教）反目，最後索性脫離教廷，推動宗教改革，並建立新教，擴張英國皇室的權力；同時發起「廢除修道院運動」，諸多修道院院長與天主教徒因此遭受宗教迫害。

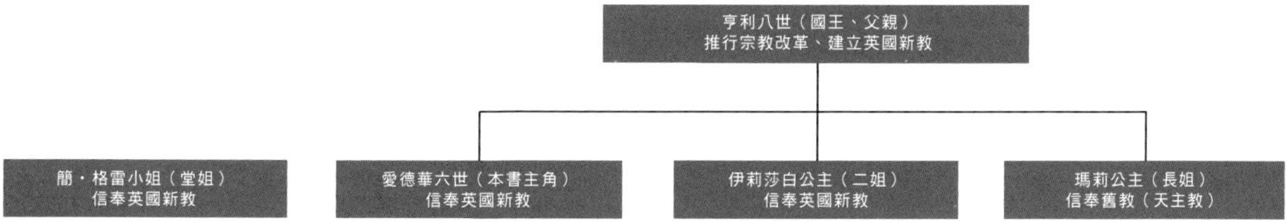

愛德華六世：亨利八世與第三任皇后珍・西摩的兒子，即位時僅九歲，真實的愛德華六世是個聰敏的孩子，博覽群書但體弱多病，在位僅七年，年方十五就因病過世。《乞丐王子》是馬克・吐溫以愛德華繼位前的那段時間，融入宗教迫害背景的創作。與其交換身分的湯姆、民間襄助的友人亨頓，以及愛德華因曾與百姓同苦而立下改革律政的情節皆為虛構。

瑪麗公主：亨利八世與第一任皇后凱瑟琳的女兒，因凱瑟琳被廢而受亨利八世冷落，陰暗的童年造就她冷酷的個性，繼位後處死了超過三百名新教徒，而有「血腥瑪麗」的稱號。她的殘酷可從本書第八章〈加冕大典〉，不滿假王子湯姆施行仁政、赦免囚犯的敘述中得知。

伊莉莎白公主：亨利八世與第二任皇后安・寶琳的女兒，也是都鐸王朝的最後一位君主。

簡・格雷小姐：愛德華六世的堂姐，與愛德華關係和睦，並同樣信奉新教。愛德華六世為了防止國家再次落入舊教勢力，下令廢除瑪麗公主和伊莉莎白公主的繼承資格，改立簡・格雷小姐為合法繼承者，但她在位僅僅九天（因此有九日女王之稱），就被瑪麗公主推翻王位。

二、英國建築

書中有兩個重要的場景，分別是倫敦塔與西敏寺。倫敦塔是專門關押貴族囚犯的牢獄，書中的配角諾福克公爵、簡．格雷小姐及伊莉莎白公主都曾被關進倫敦塔中；西敏寺大教堂則是冊封英國統治者的地點，如故事所述，皇家隊伍會從倫敦塔出發，一路遊行至西敏寺舉行加冕典禮。愛德華在典禮前一晚躲過工人們的視線，偷溜進西敏寺睡覺，就是為了隔日能當眾奪回自己的王位。

三、虛實交錯的追求與省思

替換身分、角色扮演，不僅是孩童們常玩的遊戲，也是成人們的幻想。古今中外有不少以交換身分為發想的文本，比如德國作家 Erich Kästner 的《雙胞胎麗莎與羅蒂》（後改編成電影《天生一對》）、美國作家 Mary Rodgers 的《怪誕星期五》（後改編成電影《辣媽辣妹》）。這些故事情節皆有類似之處：主角藉由另一種身分的體驗，省思自我、改變自己與他人的境遇，進而成就更為美滿的人生。

「交換身分」緣起於對現實的不滿，家境貧寒的湯姆嚮往華貴的王子身分，尊榮的愛德華不滿繁瑣的皇室禮儀，渴望體驗自由，於是互換人生實現他們的欲望，然而欲望的彼岸並非理想人生的此岸。穿上華服的湯姆必須擔起統治國家的責任，起初活在被揭發的恐懼中，隨著習慣權力加身逐漸產生霸占王位的惡念，因而拒絕與母親相認，但他隨後因良心未泯而醒悟皇室生活如同牢籠。

至於渴望自由的愛德華在喪失權力、地位後，方知宮牆外的百姓受階級、經濟、宗教以及諸多酷政所囿，不僅不自由，受冤屈、迫害、處死更是家常便飯，因此深知國王責任之重。他以此為鑑，告誡自己即位後定要竭力為百姓提供更好的生活。

兩人在各自經歷一番遊歷後，終於換回身分，而這段離家的旅程也使得兩個主角不僅認同原來的自我，同時也因為另一種人生的體驗，對他人更悲憫、寬容。

《乞丐王子》形式簡單，套用英雄離家↓返家模式，書寫兒童小說的永恆主題：啟蒙與成長。從篇幅來看，馬克．吐溫更側重愛德華的驚險旅程，這段歷險不僅揭露當時存在於英國社會的問題，也呈現作者對英國貴族的殘苛、階級不平等，以及宗教動亂的批判。

《乞丐王子》除了諭示讀者，每個人的人生皆有各自的難處與幸福，也強調受教育的重要，比如湯姆之所以能通過亨利八世的拉丁文測試、擔負施政責任，皆是因為曾受教於安德魯神父；而愛德華即位後任命湯姆為基督慈善學校的校長，除了確保那些孤兒衣食無虞，更必須讓他們接受教育，以提升修養。

真假交替、虛實相應的敘述使得《乞丐王子》彰顯出歷史小說的意義：既能映照出當時的社會面貌，也啟發讀者重新思考歷史呈現的角度；最重要的是以古看今，反思自己身處的環境。

第一章 愛德華和湯姆相遇

十六世紀的一個秋天，英國皇室誕生了一個可愛的小王子愛德華。這個消息立刻傳遍了整個國家，所有的人民紛紛互相道喜、舉杯慶祝。亨利八世在位多年一直沒有能夠繼承大統的子嗣，大家為此祈禱多年，如今願望終於成真了！

就在同一天，倫敦橋附近的貧民窟裡，一個姓康第的窮苦人家也誕生了一個小男嬰湯姆。可是，沒有人向他們家道賀，康第一家也高興不起來，因為他們實在太窮了，湯姆的到來只讓他們的負擔更加沉重。

歲月匆匆流逝，轉眼間，十三年過去了。倫敦的人口在這些年內迅速膨脹，市中心的街道彎曲狹窄，髒亂不堪，尤其是湯姆．康第住的那一帶。那裡離倫敦橋不遠，房屋全是由木頭搭蓋而成，每間屋子都又破又舊，外表還被漆成灰色，看起來毫無生氣。

湯姆的家位於布丁巷的一個死胡同裡，大家都稱那裡為「垃圾大院」，貧窮的人們就在那髒亂又嘈雜的環境中度過每一日。湯姆和他的家人住在四樓的一個房間裡，父親和母親在角落裡擺了一張床，湯姆、奶奶和他的兩位姐姐貝蒂和南西則睡在幾綑骯髒的乾草上。

貝蒂和南西是一對雙胞胎，今年已經十五歲了。雖然她們衣服破爛、一點學問也沒有，卻和母親一樣心地善良。不過，湯姆的父親和奶奶脾氣都很暴躁，而且總是喝得醉醺醺。他們神智清醒時，就會去街上討飯，或是到商店偷取食物。母子二人也逼迫湯姆、貝蒂和南西沿街乞討，只要他們空手回家，就會被父親和奶奶狠狠毒打一頓。每到半夜，母親總會偷偷搖醒三個孩子，把自己身上僅有的幾片麵包分給他們，讓他們不至於餓著肚子睡覺。

「垃圾大院」裡還住著一位慈愛的老神父安德魯，他在亨利八世廢除教會後便淪落至此。安德魯神父時常邀請那些無法上學的窮困孩子到他家裡，並為他們說些有趣的故事，甚至還教他們讀書寫字。湯姆十分喜歡安德魯神父，因此只要一有時間，就會跑到神父家裡，聽他說有關王子或貴族的故事。漸漸地，湯姆開始渴望見到真正的王子。有一次，他把這個願望告訴了幾個同樣在「垃圾大院」一長大的朋友，結果卻換來無情的嘲笑與挖苦。因此，湯姆決定要把這個心願埋藏在心裡，再也不告訴任何人。

基本上，湯姆的生活多采多姿，而且過得很愉快。由於他經常閱讀關於王子生活的故事，因此言行舉止逐漸變得成熟穩重，甚至還能夠以精闢的見解為大人們解決困難。「垃圾大院」裡的孩童紛紛對湯姆投以景仰的目光，並將他當作地方上的英雄。

過了不久，湯姆建立了屬於自己的小王國。他打扮成王子，其他孩子則扮成公主、衛兵、大臣、貴族和僕人。每天，大家都按照湯姆的指示，模仿各種典禮儀式和皇宮奢華的生活。除此之外，這位假王子還會裝模作樣地向那些負責掌管陸、海軍的將領們下達命令，看起來威風凜凜。

結束扮王子遊戲後，湯姆便穿回破舊的衣裳，認命地到街上乞討，然後回到家徒四壁的屋子，接受父親和奶奶的打罵。

這天，屋外飄著綿綿細雨，街上的行人寥寥無幾。傍晚，渾身濕透的湯姆拖著疲憊的步伐回到家。父親和奶奶見湯姆空手而歸，照例狠狠修理他一頓，然後命令他趕快上床就寢。疼痛、飢餓和父親的咒罵聲讓湯姆遲遲無法入睡，不知過了多久，他才昏昏沉沉地進入夢鄉。在夢中，湯姆住在豪華的宮殿，大臣和僕人們都對他唯命是從，並恭敬地向他行禮，而他也輕輕點點頭，以示答禮。

隔天早上，當湯姆醒來時，發現自己仍睡在髒兮兮的乾草堆上，不禁感到非常失落。他悵然若失地回想著昨晚的夢境，眼淚忍不住奪眶而出。

湯姆起床後，便餓著肚子到街上閒逛。他漫無目的地在城市裡遊走，不知不覺來到了一座雄偉

的城堡前。湯姆驚訝地看著那座莊嚴的建築物，他從來沒見過擁有如此多窗戶的塔樓、閃爍著耀眼光芒的金色大門、用花崗岩製成的石獅子，以及象徵著英國皇家的旗幟。這裡的確是一座皇宮！難道他想見王子的願望終於要實現了嗎？

兩位身穿鎧甲的衛兵筆直地站在大門旁，眼睛不停掃視四周，隨時注意是否有人偷偷潛入皇宮。平民百姓們都和衛兵保持一段距離，伸長脖子往裡頭窺視。穿著破爛衣裳的湯姆為了看得更清楚一些，於是躡手躡腳地走近大門旁的欄杆。就在這時，他看到一個帥氣的小男孩在花園裡散步，身後還跟著幾個僕人。那名男孩戴著一頂插著羽毛的紅帽，身穿精緻華麗的綢緞衣裳，腰間

配戴著鑲滿寶石的劍，腳上穿著漂亮的紅色皮鞋，看起來氣宇軒昂。

噢，他肯定就是真正的王子！湯姆激動得幾乎快要喘不過氣，他瞪大雙眼拚命地往裡面瞧，希望能將王子的身影深深地刻在腦海裡。突然，其中一名衛兵發現湯姆逾矩的行為，立刻衝上前揪住他的衣領，把他重重摔倒在地。另一個衛兵見狀，也大聲喝斥：「你這個小乞丐，別太超過了！」

圍觀的群眾都指指點點地嘲笑湯姆，沒有一個人願意伸出援手。這時，目睹一切的王子愛德華氣沖沖地隔著欄杆，大聲斥責衛兵：「你們竟敢對一個手無寸鐵的孩子動粗？快把門打開，讓他進來！」

衛兵不敢違逆命令，立刻慌張地打開大門，並將湯姆帶到王子的面前。愛德華引領湯姆來到他的臥室，然後吩咐僕人送來許多湯姆只能在夢裡才能見到的美食。接著，愛德華貼心地把僕人們打發到門外，讓湯姆能無拘無束地享用餐點。不一會兒，兩人便聊了起來。

「你叫什麼名字？」

「啟稟殿下，我叫做湯姆．康第。」

「你住在哪裡？」

「我住在『垃圾大院』，就在倫敦橋附近。」

「『垃圾大院』？真是個奇怪的地名！你的父母還健在嗎？」

「他們都還在，王子殿下。我還有一個奶奶和雙胞胎姐姐南西和貝蒂。」

「你的奶奶對你好嗎？」

「不好，她的脾氣簡直壞透了。」

「她會打你嗎？」

「會，只要她心情不好，或是我們沿街乞討卻空手而歸的時候，就會拿我和姐姐們出氣。」

「她居然打孩子！」愛德華氣憤地大叫。

「殿下，我沒事，請您息怒吧！」湯姆不知所措地說。

「不行，我絕對不會坐視不管！聽著，今天晚上，我就會請父王派人把你的奶奶關進倫敦塔……」

「殿下，倫敦塔只關押擁有貴族頭銜的囚犯，我的奶奶怎麼能進去那裡呢？請您三思啊！」

「好吧！我會想出其他方法懲治她的。你父親呢？」

「他的脾氣和奶奶一樣暴躁。」

「我的父王有時雖然對我很嚴厲，卻從不會動手打我。那麼，你的母親對你怎麼樣？」

「她的心地十分善良，總是在父親面前替我說情，我的姐姐南西和貝蒂也對我很好。」

「她們年紀多大？」

「十五歲。」

「我的姐姐伊莉莎白公主十四歲，堂姐簡．格雷小姐的年紀和我一樣，兩人既美麗又親切。不過，我的另一個姐姐瑪麗公主卻不苟言笑。你的姐姐是不是也禁止僕人們微笑，以確保他們的靈魂不被汙染？」

「殿下，我的姐姐沒有僕人呀！」湯姆訝異地回答。

「什麼？那早上起床和晚上就寢時，都是誰替她們換衣服呢？」愛德華不解地反問。

「殿下，我的姐姐們每人只有一件衣裳，要是脫掉衣服，就只能光著身體睡覺了。」

「是嗎？那我馬上吩咐僕人送幾件新衣給你的兩位姐姐，這樣她們就不會著涼了。對了，你上過學嗎？」

「沒有，但有一位名叫安德魯的神父教我讀書寫字。」

「你懂拉丁文嗎？」

「只知道一點點。」

「雖然剛開始接觸拉丁文時會覺得很困難，但我建議你繼續學下去。伊莉莎白公主和簡．格雷小姐對這種語言非常擅長，我再請她們撥空教導你。現在和我談談你在『垃圾大院』發生的事吧！那裡的生活如何？」

「除了餓肚子和受家人打罵的時候很難受，其他時間都很愉快。那裡有個劇場，有時會表演木偶劇，有時會請來穿著奇裝異服的猴子耍雜技，有時還會邀請知名藝人演出振奮人心的舞台劇。雖然門票不貴，但對像我這樣的乞丐來說，賺那一點錢非常不容易。」

「哇！聽起來真有趣！我真希望自己能夠暫時拋下王子的身分，到『垃圾大院』去看一場精采的舞台劇！唉，我在皇宮都得隨時注意自己的言行舉止，這也不能做，那也不能做，真是憋死人了！」

「殿下，我想得卻和您相反呢！我倒是希望有機會穿上王子的衣裳，並摸摸看閃閃發光的寶劍。只要能夠體驗一次，我就心滿意足了。」

「真的嗎？不如我們現在交換衣服穿吧！」愛德華的眼裡閃耀著光芒。

「殿下，那怎麼行？」湯姆惶恐地說。

「放心，這裡只有我們兩個人，只要我們待會兒趕快把衣裳換回來，就不會有任何人知道這件事。」

於是，愛德華穿上湯姆破舊的衣裳，湯姆則換上愛德華高貴的服飾。兩人興高采烈地站到鏡子前，卻被眼前的景象嚇得目瞪口呆。原來，他們長得實在太像了，旁人根本無法辨別誰才是真正的王子。

「你覺得如何？」愛德華問。

「殿下，我不敢說。」

「那就由我來說吧。你的頭髮、眼睛、聲音、和外表幾乎和我一模一樣，要是我們光

著身子，可能連我父王都認不出誰才是他的兒子。不過，穿上你的衣服之後，讓我想起了剛才那位蠻橫的衛兵。唉呀，你的手都瘀青了！」

「我沒關係，殿下。衛兵不過是在執行他的職務罷了……」

「但他不應該粗暴地對待毫無反抗能力的孩子！我得出去教訓他一頓，讓他不敢再犯。你在這裡等我回來，這是命令！」

正當愛德華準備衝出房門時，桌上的一個東西吸引了他的注意，原來是亨利八世暫時交由他保管的玉璽。愛德華將它妥善地收藏好後，才大步朝皇宮大門走去。到了目的地，他憤怒地大喊：「開門！快把門打開！」

先前將湯姆摔倒在地的衛兵立刻照做，等愛德華走出大門後，那名衛兵便賞了他一個耳光，並且惡狠狠地說：「哼！你這個討厭的小乞丐！就是因為你，殿下才訓了我一頓！」

愛德華一邊摸著臉，一邊怒吼：「你這無禮的傢伙，我可是王子！你竟敢打我，我要把你處以絞刑！」

衛兵立刻裝模作樣地對愛德華行了個禮，大笑著說：「殿下，請您饒了小的一命吧！」

接著，他又猛力打了愛德華幾拳，然後語帶威脅地說：「小乞丐，你再不滾開，我保證讓你吃不完兜著走！」

「我們趕快把他轟走吧，別讓他驚動了國王陛下。」圍觀的群眾提議。

於是，大家朝愛德華伸出手，想把他拽離皇宮。

「誰敢碰我？我可是當今的王子殿下！」愛德華生氣地大喊。

「哈哈！就憑你這身打扮，也想冒充王子嗎？」

「你們誤會了，這件衣服是……」

「別再說了，你還是快點滾開吧！」

愛德華寡不敵眾，就這樣被眾人連推帶拉地帶離了皇宮。

第二章　交換身分

那群人折騰愛德華好一陣子後，才各自散去。愛德華環顧四周，完全搞不清楚這裡是什麼地方，只好繼續漫無目的地往前走。不久，他來到一塊大空地，那裡只有幾幢零星的房屋，以及一座大教堂。由於教堂正在進行翻修，因此周遭到處都是鷹架和成群的工人。

愛德華一看到這棟熟悉的建築物，立刻高興地想著：「這不是父王特地為那些孤苦無依的孩子所建的基督慈善學校嗎？我想，他們一定非常願意幫助恩人的兒子，況且我現在的處境比住在這裡的孩子還要可憐呢！」

恰好那裡有一群孩子在玩遊戲，於是愛德華連忙走了過去。每個孩子的裝扮都一模一樣，他們穿著當時僕人們流行的藍色寬袖上衣搭配紅色皮腰帶、黃色長襪和咖啡色皮鞋，還戴著無法蓋住整個頭部的黑色扁帽，模樣看起來有點滑稽。

大家一看到愛德華走過來，全都停止了打鬧。

愛德華見狀，立刻用威風凜凜的語氣說：「快去告訴校長，愛德華王子有話要和他說。」

沒想到話音剛落，孩子們立刻捧腹大笑起來。其中一個男孩甚至嘻皮笑臉地說：「小乞丐，是王子命令你來傳話的嗎？」

愛德華氣得脹紅了臉，立刻用手去摸了一下腰帶，卻什麼也沒找到。另一個頑皮的孩子見狀，嘲笑著說：「喂，你們看見了嗎？這傢伙還以為他的腰帶上掛著寶劍呢！說不定他真的是王子喔！」

這句話又引起一陣哄堂大笑。可憐的愛德華抬頭挺胸地說：「我就是王子！你們仰賴我父王的恩惠度日，卻這麼對待我，真是太過分了！」

其中一名孩童聽見後，立刻大聲嚷嚷：「喂，你們接受了國王的恩惠卻不知感激，真是太無禮了！還不趕快跪下，向穿著破爛的王子殿下行禮！」

所有人都發瘋似地狂笑，然後裝模作樣地向愛德華敬禮。愛德華氣得渾身發抖，他一腳踢開離他最近的男孩，厲聲說：「你們等著瞧！明天，我就送你們上絞刑臺！」

孩子們當中的首領聽見愛德華的怒罵，惱羞成怒地說：「大家快抓住他！把他扔進後院的木桶裡！」

大家蜂擁而上，對愛德華拳打腳踢。堂堂英國王子被平民揍得鼻青臉腫，這可是聞所未聞的大事呀！

天色逐漸暗了下來，孩子們丟下愛德華，跑回教堂裡了。愛德華從地上爬起來，邁著沉重的步伐往市中心走去。走著走著，他忽然想到：「對了，只要找到『垃圾大院』，所有的問題便能迎刃而解！湯姆的父母聽完我的敘述後，一定會趕緊將我送回皇宮，到時我就可以恢復身分了！」

接著，他想起剛才的遭遇，忍不住嘟囔：「等我繼承王位，我要讓所有的百姓除了能溫飽之外，還必須上學！唯有如此，才能使大家擁有正確的判斷力，並明白欺侮弱小是非常可恥的行為。我永遠也不會忘記今天發生的事，只有親身走進社會，才能深切感受到人民的處境。」

就在這時，一個醉漢抓住愛德華的衣領，大聲喝斥：「湯姆．康第，你為什麼這麼晚了還在外面閒晃？你該不會又沒掙到半毛錢吧！哼，毫無用處的傢伙！今天我一定要把你的腿打斷！」

愛德華奮力從他的手裡掙脫，然後拍了拍肩膀，高興地說：「你就是湯姆的父親，對吧？太好了！快帶我回皇宮吧！」

「沒錯，我就是你的父親約翰．康第！你這個小鬼又再說什麼瘋話？」

「我沒在和你開玩笑！我是王子愛德華，快帶我去見我父王吧！我保證他一定會重重犒賞你的。」

約翰仔細地盯著愛德華看，然後冷笑著說：「你真是瘋了！只要讓我好好修理你一頓，你的神智就會恢復正常了！」

說完，約翰就拖著氣急敗壞的愛德華走進「垃圾大院」，身後還跟著一群看好戲的遊手好閒之人。

話說，一個人留在王子臥室的湯姆起初非常雀躍，他站在大鏡子前，一會兒擺出各種威風的姿勢，一會兒模仿王子的模樣走了幾步，一會兒又仔細賞玩掛在腰際的寶劍。

過了一會兒，湯姆才驚覺愛德華已經出去好長一段時間了。他的興奮逐漸轉為焦慮，最後變成了恐懼。

他想：「萬一有人闖進來，發現我穿著王子的衣服，那該怎麼辦？要是大家不相信我的說詞，我肯定會被送上絞刑臺的！」

湯姆焦躁地在房間內走來走去，突然，一個穿著講究的侍童打開房門，對湯姆說：「殿下，簡・格雷小姐來了。」

接著，一位長相甜美的年輕姑娘走了進來，她見湯姆臉色慘白，連忙擔憂地問：「殿下，您哪裡不舒服嗎？」

湯姆顫抖地跪在地上，誠懇地說：「請您救救我！我不是王子殿下，而是住在『垃圾大院』的湯姆・康第。真正的王子穿著我破舊的衣裳出去了，請您快點派人把他找回來吧！」

簡．格雷小姐簡直嚇壞了，過了許久，她才結結巴巴地說：「噢，殿下！您竟然……您竟然向我下跪！」

說完，她急急忙忙地跑開了。湯姆癱坐在地，絕望地說：「完了，他們馬上就要來抓我了！」

很快地，王子失憶的消息傳遍了整個皇宮。每位穿著華麗的大臣和貴婦都在竊竊私語，為王子的健康擔憂。

不久之後，國王的內侍走到人群中，嚴肅地宣布：「國王陛下有旨：『不得聽信有關愛德華王子的荒誕謠言，更不得議論或對外張揚，凡違反禁令者，一律處死！』」

人們立刻閉上嘴巴，不敢再多說一句。

這時，可憐的湯姆跟著大臣來到一個豪華的房間。他一進去，身後的門便被人關上了。除了兩名大臣和御醫站在湯姆的身邊之外，其餘的隨從都站在房間的另一端，排成一列。

湯姆忐忑不安地張望，發現眼前的大床上躺著一位身材高大的男子。他的臉頰豐潤，頭髮和絡腮鬍因為年老而變得灰白，其中一隻腳裹著紗布、腫脹不堪，腿下墊著一塊軟墊。原來，他就是令人震懾的國王亨利八世。

國王一看見湯姆，表情頓時變得溫和許多。他說：「愛德華，你怎麼了？你是在故意和我開玩笑嗎？別讓我這個父王擔心呀！」

精神恍惚的湯姆一聽到這句話，立刻跪倒在地，驚慌地大叫：「您就是國王陛下？天哪，我的末日來臨了！」

國王一語不發地看著湯姆，過了一會兒，他才搖搖頭說：「唉，看來那些謠言都是真的！」

接著，他重重地嘆了一口氣，溫柔地對湯姆說：「孩子，你生病了，快到我面前來。」

湯姆被大臣攙扶起來，按照命令走近國王陛下。國王用雙手捧著湯姆的臉，仔細地端詳一番，似乎想從中找出兒子恢復理智的跡象。最後，他輕輕摸了摸湯姆的頭，柔聲地說：「孩子，你認得我嗎？別再傷我這個老人的心了，快跟我說你還記得我！」

「我認得您，您是萬民敬畏的國王陛下！」

「沒錯，沒錯！好了，不要再發抖了，這裡沒有人會傷害你。你一定是午覺時做了惡夢，所以才精神錯亂。現在你知道自己是誰了嗎？以後不要再胡說八道惹父王難過了，知道嗎？」

「國王陛下，請您相信我，我說的全都是事實！我是來自『垃圾大院』的乞丐，愛德華王子從衛兵的手裡救了我，並讓我進宮參觀。之後，我們因為一時興起，便交換衣服穿，沒想到就變成了這樣……求求您別下令處死我！」

「處死？我怎麼會殺你呢？你放心，我絕對不會讓任何人傷害你的。」

湯姆高興地跪在地上，大聲歡呼：「噢，陛下！您的仁慈，我沒齒難忘！上帝一定會保佑您長命百歲！」

說完後，他迅速站了起來，眉開眼笑地對站在身旁的兩位大臣說：「你們都聽見了！陛下說他不會處死我！」

大家除了畢恭畢敬地點點頭之外，什麼話也不敢說。

接著，湯姆猶豫了一下後，膽怯地問國王：「現在我可以走了嗎？」

「當然可以。不過，你要去哪裡？」

湯姆低著頭，小心翼翼地回答：「既然您決定不處死我，我想回到『垃圾大院』。雖然那裡又髒又亂，但它是我最熟悉的地方。而且如果我一直沒有回家，我的母親和兩位姐姐一定會非常擔心。陛下，求求您讓我離開吧！」

國王目不轉睛地看著湯姆，表情愈來愈憂傷。忽然間，他像是找到希望似地說：「或許王子的腦筋沒有什麼問題，只是忘記自己是誰罷了。不如讓我來測試看看吧！」

於是，他用拉丁語問了湯姆幾個問題。儘管湯姆回答得並不流利，國王還是非常開心，他看了大臣們一眼，得意地說：「你們瞧，王子連那麼困難的問題都答得出來，代表他不到神智不清的地步。我想，他只是因為受到某種刺激，才忘了自己的身分。御醫，你認為呢？」

「陛下，您的看法與微臣不謀而合。」御醫恭敬地回答。

聽御醫這麼說，國王更加相信自己的判斷。接著，他又用法語問了湯姆一個問題。眾臣們紛紛將視線移到湯姆身上，期待他的答覆。不過，湯姆尚未習得法文，因此他難為情地說：「陛下，我聽不懂您在說什麼。」

國王非常失望，本來用手臂撐著的身體瞬間往後倒。大臣們一看，連忙上前攙扶，可是國王推開他們，溫柔地對湯姆說：「孩子，你過來，快把你那神經錯亂的腦袋靠在父王的胸前。不要怕，你很快就會好起來的。」

隨後，他轉過頭，嚴肅地對臣子們說：「大家都聽著！王子的身體確實出了問題，但他一定會康復。我想，應該是因為用功過度的緣故，所以從今天起，不准讓王子閱讀任何教科書，也禁止老師接近王子。這段期間，你們務必讓他盡情玩耍，使他能夠早日恢復健康！」

國王停下來，喝了一口水，繼續說：「就算王子真的瘋了，他仍舊是名正言順的王位繼承人。只要誰將王子生病的事情說出去，就以擾亂國家安全與秩序論罪，並立即斬首！對了，為了堵住眾人的悠悠之口，我決定明天立刻舉行王子的冊封典禮！赫德福公爵，你馬上開始準備！」

這時，一位大臣走上前，恭敬地說：「陛下，負責掌管冊封典禮的諾福克公爵正被關在倫敦塔裡，那麼該如何辦理……」

「閉嘴！不准再拿那傢伙的名字來玷汙我的耳朵！就算沒有他，照樣可以舉行冊封典禮！赫德福公爵，明天一早，立刻讓國會判他死刑！否則，他們也會受到嚴厲的懲處！」

「謹遵陛下諭令。」赫德福公爵說。

「仁慈的陛下，您對我這麼卑賤的人實在太好了，我真的非常感激！可是，一想到有人因為我而死，我的內心就十分難受……」

「噢，愛德華！即使你生病了，你的心地依舊那麼善良！不過，那個公爵居心叵測、企圖謀反，實在是罪有應得！我會另外任命一位盡忠職守的官員來主持冊封儀式，所以你就不用操心了。」

湯姆拖著沉重的腳步離開國王的臥房，他覺得自己就像被關在豪華牢籠裡的囚犯，失去了到外面呼吸新鮮空氣的自由。皇宮裡，既沒有湯姆的親戚，也沒有湯姆的朋友，而且無論他走到哪，似乎都能看見諾福克公爵被處死的情景。唉！以前的幻想是多麼美好，怎麼現實卻如此殘酷呢？

第三章　湯姆的宮廷生活

下午一點鐘的時候，湯姆被帶到了一個豪華又寬敞的房間裡，那裡已經擺好了專門為他準備的飯菜。湯姆就座後，發現餐桌上的用具都是黃金打造而成，在燈光的照耀下閃閃發光。

等牧師禱告完後，湯姆便迫不及待地拿起食物，準備大快朵頤。這時，站在一旁的柏克萊伯爵連忙示意湯姆放下餐點，並在他的脖子圍上餐巾；接著，專門為王子檢驗飯菜是否有毒的試菜師走上前，冒著生命危險率先品嘗了每道料理。房間裡大約有四百名的僕人在伺候湯姆，而這些僅占了皇宮內所有僕人的百分之一。當然，湯姆一個也不認識。

幾個小時前，所有的僕人都接到了指令：王子現在有些精神失常，即使他有什麼異常的舉動，他們也絕對不能表現出吃驚的樣子。因此，當湯姆不用刀叉，

而用手抓取食物，並且像是餓了好幾天似地吃得狼吞虎嚥時，大家都不敢多加置喙。他們看見從前備受愛戴的王子做出許多不合規矩的行為，都感到非常難過，並紛紛在內心祈求王子早日康復。

等湯姆吃飽喝足後，一位大臣端著盛滿玫瑰水的金盤子走上前，供湯姆清潔雙手。湯姆不知所措地看著盤子，然後把它拿起來喝了一口，接著遞還給那人，說：「我不喜歡這種水。雖然香味撲鼻，嘗起來卻索然無味。」

語畢，湯姆站起身，順手從桌上的盤子裡抓了一把胡桃塞進口袋，準備帶到房間裡慢慢享用。當他抵達房門口時，他模仿其他大臣說話的口吻，命令僕人們退下，然後獨自走進臥室。

這時，湯姆發現牆壁上掛著一套閃閃發亮的鋼盔和甲冑，這是國王在幾天前送給愛德華的禮物。湯姆看到後，立刻想起以前在「垃圾大院」玩遊戲時，大家都是拿紙做的武器，根本連真的劍都沒看過。想到這裡，他忍不住想穿上真正的盔甲來過過癮。

就在湯姆拿起鋼盔時，一個東西突然從裡面掉了出來。他急忙撿起來一看，發現那是一個又硬又圓，而且金光閃閃的東西。湯姆一看見它，腦袋裡馬上就浮現出一個好主意：這個物品可以用來敲開硬邦邦的胡桃。於是，他從口袋裡掏出一把胡桃，並用那個東西把胡桃敲破，然後津津有味地吃了起來。隨後，他躺在華麗的長沙發椅上，沉浸在繽紛的書香世界。

五點鐘時，亨利八世從惡夢中驚醒，他瞪著四柱床的床頂，自言自語地說：「唉，看來我的身體已經快不行了！可是，只要諾福克公爵仍活在世上，我就無法安心死去！」

內侍見國王醒了，便告訴他：「陛下，大法官已在房間外等候多時，請問您是否要接見他？」

國王急切地說：「快讓他進來！快讓他進來！」

大法官進來後，畢恭畢敬地跪在國王的床前，說：「陛下，昨天，所有大臣一接到聖旨，便立刻在會議廳集合，並一致決議判處諾福克公爵死刑，還請陛下做最後的裁決。」

國王的臉上露出猙獰的笑容，開心地說：「快扶我起來！我要到會議廳去，親自在決議書上蓋上玉璽！」

突然，國王的臉色泛青，呼吸也變得異常急促。御醫連忙走上前，餵國王服下湯藥。過了一會兒，國王才逐漸恢復體力。他傷心地說：「唉！我期盼這麼久的時刻終於來臨，可是卻連到會議廳的力氣也沒有。算了，只好由大法官代替我蓋上玉璽了。你們快點去把這件事辦妥，明天日落前，一定要拿諾福克公爵的頭來見我！」

「是，陛下。那麼，請您將玉璽交給我吧！」

「玉璽？不是放在你那裡保管嗎？」

「不，陛下。兩天前，我就已經將玉璽交還給您了，因為您說要親自在諾福克公爵的死刑決議書上蓋章，您不記得了嗎？」

「噢，我想起來了！可是，我把它放到哪裡去了呢？」國王閉上雙眼，試圖回憶玉璽的下落，卻怎麼也想不起來。

這時，赫德福公爵雙膝跪下，斗膽稟報：「陛下，恕我冒昧，我記得您把玉璽交給王子殿下了……」

「沒錯！唉，我的記性真的愈來愈不行了！你們還杵在那裡做什麼？快去王子的寢殿把玉璽拿來！」

赫德福公爵立刻飛也似地跑了出去，過了一會兒，他卻慌慌張張地跑回來，對國王說：「陛下，王子殿下因為生病的關係，不記得自己保管玉璽的事了。我本想馬上派人搜索，可是殿下的寢室太大，根本無從找起，就算找到了，恐怕也來不及在日落前用印了。陛下，請問現在該怎麼辦？」

國王無奈地擺了擺手，說：「算了，別再去打擾那可憐的孩子了。他現在正在受苦，而我卻無法替他分擔，真是太難受了！」

大法官見玉璽下落不明，於是戰戰兢兢地問：「陛下，請問判處諾福克公爵死刑一事該繼續執行嗎？」

國王生氣地大吼：「你這個不知變通的傢伙！難道你就不會用小玉璽來代替遺失的大玉璽嗎？馬上去把事情辦好！如果明天諾福克公爵還活著，你就辭官回鄉吧！」

可憐的大法官連忙跑到會議廳，向大家宣布國王的旨意。大臣們不敢怠慢，立即傳令劊子手斬首諾福克公爵。

晚上九點，皇宮內一片燈火通明，與宮殿相接的河流上，漂蕩著許多懸掛彩色燈籠的遊船和

小舟。身穿盔甲的衛兵們嚴守各個城門，絲毫不敢鬆懈；大臣們則忙進忙出地張羅今晚的遊船盛會。

就在這時，皇宮裡傳來一陣嘹亮的號角聲，所有人連忙停下手邊的工作，專注地望向宮廷。過了一會兒，五十艘華麗的遊船迎面駛來，那些船的兩側都加裝了堅硬的欄杆，上面掛著無數個小鈴鐺，只要微風一吹，便會響起美妙的樂音。每艘遊船都由一艘小船拖著，小船上除了有划槳的水手之外，還有全副武裝的衛兵和負責演奏的樂師。

「愛德華王子駕到！」司儀長高聲大喊，人潮擁擠的河岸邊頓時迸發出如雷的歡呼聲。

湯姆站在第一艘遊船上，開心地對大家揮手致意。他穿著白色的緊身衣，胸前是一片紅色的絲綢，左胸上別著象徵皇室成員的勳章。他的肩膀上披著一件紅色斗篷，頭上戴著一頂藍色帽子，上面插著三根羽毛和許多漂亮的寶石，漂亮的珠寶在火光的照耀下，散發出璀璨的光芒。

噢，出生在髒亂小巷、靠著乞討維生的湯姆．康第，作夢也想不到他竟然會有如此風光的一天！

第四章　愛德華的救命恩人

那麼，真正的王子愛德華怎麼樣了呢？

愛德華被約翰．康第連拖帶拉地帶進陰暗的巷子裡，他一邊掙扎，一邊大叫著說自己是王子。最後，約翰僅存的一點耐心終於消耗殆盡，他憤怒地從地上抄起一根木棍，不管三七二十一就往愛德華身上打。

這時，一個人從圍觀的群眾裡衝出來，擋在愛德華面前。約翰見狀，氣急敗壞地大吼：「既然你想替這個小鬼挨打，那我就成全你吧！」

說完，他就用木棍使勁往那個人頭上打去，那人哼了一聲後，倒在地上昏迷不醒。看熱鬧的人沒有一個關心他，他們冷漠地瞥了一眼後，就各自散開了。

約翰把愛德華拖進屋子裡，然後砰地一聲把門關上。愛德華筋疲力盡地跌坐在地，他環顧四周，發現屋內髒亂不堪，兩個年輕女孩和一位中年婦女瑟縮在牆

角，看樣子她們應該就是湯姆的母親和雙胞胎姐姐，她們的對面坐著一個頭髮凌亂的老太太，模樣看起來非常凶狠。

約翰對那位老太太說：「媽，我簡直快被這傢伙氣死！你知道他剛才說了什麼嗎？喂，小鬼！你把那些瘋話再說一遍！」

從未被別人命令過的愛德華氣得臉色鐵青，他激動地大吼：「你居然敢命令我，真是太無禮了！我鄭重地告訴你，我就是當今的王子愛德華！」

老太太聽到後，驚訝地呆站在原地，差點沒暈過去。約翰一看到她的反應，立刻捧腹大笑起來。湯姆的母親及兩位姐姐的反應卻和約翰截然不同，她們不安地來到愛德華身邊，想看看究竟是怎麼回事。

母親跪倒在愛德華面前，並把雙手放在他的肩上。她流著淚，急切地說：「可憐的孩子，你真的瘋了嗎？唉，原本以為你到安德魯神父那裡讀書是不錯的事情，哪裡曉得你居然讀得走火入魔了！早知如此，我就應該禁止你讀書！孩子，你快點清醒過來吧！」

愛德華注視著那張滄桑的臉龐，柔聲地說：「善良的婦人，您放心，您的兒子沒有發瘋，他現在正在皇宮裡呢！只要您送我回去，我的父王就會把兒子還給您了，請您快點帶我離開這裡吧！」

婦人無力地癱坐在地，雙手摀著臉，傷心地痛哭起來。

約翰拍著手，嬉皮笑臉地說：「好，讓我們配合這傢伙演下去吧！南西、貝蒂，你們兩個不懂規矩的丫頭，居然敢直挺挺地站在王子殿下的面前，還不趕快跪下！」

說完，他又狂笑起來，湯姆的兩個姐姐連忙為弟弟求情。

「爸爸，您讓湯姆去休息吧，說不定睡一覺之後，他就會恢復清醒了。」南西說。

「是呀，爸爸。他得先休息，明天才能出去乞討呀！」貝蒂也說。

這句話點醒了約翰，他像是想起什麼似地對愛德華說：「房東今天告訴我，要是明天我們再不繳房租，就要把我們趕出去。你今天討到了多少錢？趕快全部交出來！」

愛德華不耐煩地說：「乞討？我從來就沒做過這種事！我再告訴你一次，我可是王子……」

愛德華的話還沒說完，約翰便氣急敗壞地賞了他一個耳光。湯姆的母親看到這種情形，連忙用身體護住他，替他擋下了約翰的拳打腳踢。兩個女孩嚇得躲在牆角，偷偷哭泣；老太太則跟著兒子一起毒打那兩人。

約翰打累後，擺擺手，對大家說：「好了，你們都去睡吧！」

兩個姐姐聽到父親和奶奶熟睡的鼾聲後，偷偷爬到愛德華身旁，把所有的乾草和破布全都蓋到他的身上，不讓他著涼。隨後，她們的母親也爬了過來，一邊撫摸愛德華的頭髮，一邊柔聲安慰他。她還把特地留下來的黑麵包遞給愛德華，但是可憐的男孩渾身痠痛，一點食欲也沒有。

不過，湯姆的母親奮不顧身地保護他，讓他大受感動，因此他發自內心地向她表達謝意，並向她承諾，等到他回到皇宮，一定會請父王重重犒賞她。湯姆的母親聽了愛德華的話之後，認為他神智仍舊不正常，於是再度悲從中來。她緊緊地抱了一下愛德華，然後滿臉淚水地回到床上。

湯姆的母親輾轉難眠，她的內心有種奇怪的感覺，總覺得那個男孩並非自己的親生骨肉。要是他真的不是自己的孩子，那該怎麼辦呢？想到這裡，湯姆的母親不禁認為自己的想法有些荒唐。

然而，這個可怕的假設一直盤旋在那可憐女人的腦海裡，經過一番掙扎，她決定要親自確認那個男孩究竟是不是湯姆。可是，要用什麼方法才能辨別呢？就在她絞盡腦汁時，愛德華忽然發出一聲尖叫，把她嚇了一大跳。看樣子，可憐的愛德華應該是因為今天可怕的遭遇而做了惡夢。

突然，湯姆的母親有了一個好主意。她悄悄點燃蠟燭，自言自語地說：「在湯姆年紀還小的時候，有一次，火藥在他面前炸開來，害得他留下陰影。從此以後，只要遇到可怕的事情，他就會用手背遮住自己的眼睛。現在，只要我去嚇嚇那孩子，不就可以知道他是不是湯姆了嗎？」

湯姆的母親打定主意後，便拿著蠟燭，小心翼翼地來到愛德華的身旁。她一邊把蠟燭靠近男孩的臉，一邊用手在他耳邊的地板使勁敲了幾下。愛德華頓時驚醒過來，他睜開雙眼，驚訝地看著湯姆的母親，卻沒有用手遮住自己的眼睛。可憐的女人悲痛欲絕，她不相信從小養成的習慣會在一夕之間改變，於是她決定等愛德華睡著後，再測試他一次。

不過，愛德華這次的反應和上次一模一樣。女人筋疲力盡地回到床上，並試圖以湯姆發瘋為由，來解釋這兩次的試驗結果，因為她實在不願意承認眼前的男孩不是真正的湯姆。不久之後，女人昏昏沉沉地進入了夢鄉。

幾個小時過去了，突然，一陣急促的敲門聲吵醒了康第一家。

約翰．康第不耐煩地問：「是誰？」

一個聲音回答：「你知道今天晚上有個人被你打死了嗎？」

「不知道，而且我也不在乎。」

「恐怕等會兒你就不會這麼說了。你要是還想活命，就趕緊逃跑吧！因為被你打死的那個人，正是安德魯神父呀！」

「天哪！」約翰立刻從床上一躍而起，他壓低聲音叫醒大家，並凶狠地對他們說，「快起來！再不走，我們的腦袋就要搬家了！」

五分鐘後，康第一家慌張地準備在深夜裡逃出城去。約翰．康第緊緊抓著愛德華的手，小聲警告他：「喂，你給我仔細聽著！千萬不要在路上胡言亂語，否則很容易引起警方的注意。你記清楚了，為了躲避那些警官的追查，我們一定要改名換姓！」

接著，他對全家人說：「如果我們走散了，就到倫敦橋集合，等大家都到齊後，再一起出發去南區。」

過了一會兒，康第一家就來到了燈火通明的泰晤士河邊，那裡因為正在觀賞王子遊河，所以聚集了大批的群眾，大家你推我擠，場面非常混亂。有的人喝了酒，正興高采烈地結伴跳舞，還有人高呼「愛德華王子萬歲！」煙火在天空中四散迸發，絢爛耀眼的火花簡直把黑夜變成了白晝。

轉眼間，康第一家就這樣被人群沖散了，只有愛德華還跟在約翰身邊，因為約翰牢牢地抓著他的手不放。愛德華不停四處張望，偷偷找尋逃脫的機會。就在這個時候，埋頭苦衝的約翰不小心撞上了一個喝醉了酒的水手，那人伸出粗壯的手臂，使勁地抓住約翰的肩膀，說：「喂！你這麼匆忙是要趕到哪裡去？大家都沉浸在盛會的熱鬧氣氛，只有你橫衝直撞地跑來跑去，快說，你是不是正在做什麼虧心事？」

「我的事不用你管！快讓我過去！」約翰大叫。

「唉呀！你怎麼這樣說話？我告訴你，如果你今天不為了王子殿下的健康喝一杯，我是不會放你走的。」水手堅持地說。

「好，那就快把酒杯給我！快點！」約翰不耐煩地說。

約翰被跟著起鬨的民眾團團圍住，他為了接過水手的酒杯，不得不鬆開牽著愛德華的手。愛德華見機不可失，連忙鑽進人群裡拔腿就跑，一下子就逃得無影無蹤。

這時，湯姆搭乘的遊船在護衛隊的保護下，緩緩地通過了泰晤士河。空氣中充滿了悠揚的音樂聲，以及人民的呼喊聲。河岸邊到處都在施放美麗的煙火，遠處的尖塔在濃煙下若隱若現，塔樓上散發出的閃閃燈光，簡直就像是鑲著珠寶的標槍被人投向空中。

湯姆將身體靠在寶座上，恍惚地看著眼前的景象，他覺得所有的一切都好不真實，自己彷彿身處在童話世界一般。不過，對於坐在他身邊的伊莉莎白公主和簡．格雷小姐來說，這些都是非常自然的事情。

最後，遊船在倫敦的市中心停了下來。湯姆從船上走下來，身後跟著一排穿著華麗的隨從。他們經過契普賽街，再沿著老猶太街和貝信皓街走了一段路，終於來到了市政廳。

同一時間，穿著破爛的愛德華在市政廳的門口大吵大鬧，不停向大家宣稱自己才是真正的王子。喝得醉醺醺的群眾對這個胡說八道的小乞丐很有興趣，他們紛紛圍到他的身邊，有人嘲笑他，有人辱罵他，更有人對他拳打腳踢。愛德華的眼眶盈滿屈辱的淚水，但是他仍倔強地和民眾們爭辯。

最後，愛德華忍不住大吼：「你們這些無禮的傢伙，全都給我仔細聽著，我就是英國的王子愛德華！儘管沒有人站在我這邊，也沒有人替我說句公道話，但我絕對不會退縮！」

突然，有一個男人拍了拍愛德華的肩膀，對他說：「不管你是不是王子，你都是一個勇敢、不屈不撓的孩子。我叫做麥爾斯．亨頓，雖然這些傢伙都與你為敵，但我願意成為你的朋友。現在，就先讓你的小嘴巴休息一下吧！我知道該怎麼對付那些傢伙。」

那名男子身材魁梧，看上去氣宇不凡。不過，雖然他的服裝是用上等材料製成，卻又髒又舊，不僅衣服褪色，連車縫線都鬆脫了。他的腰際掛著一把插在生鏽劍鞘裡的寶劍，那副模樣簡直就像是落魄的武士。

群眾見有人替小乞丐撐腰，於是你一言我一句地說：「又來了一個瘋子！讓他們倆見識大家的厲害！」

「沒錯！把那兩人扔進河裡！」

當其中一位暴民伸出手，準備揪住愛德華的衣領時，亨頓立刻擋在愛德華面前，並拔出長劍，將對方擊倒在地。人群見到這種情形，立刻將那兩個人團團包圍，想給他們倆一點顏色瞧瞧。面對大批民眾，亨頓無力招架，只能帶著愛德華退到牆邊，發瘋似地揮舞長劍。

就在這千鈞一髮之際，遠處忽然響起一陣號角聲。接著，有人大喊：「快讓路！國王陛下的使者來了！」

不一會兒，一隊騎兵朝著人群直衝過來，大家連忙四散奔逃，亨頓趁著這個機會，帶著愛德華悄悄離開。

號角聲再度響起，人們立刻安靜下來，原本熱鬧歡騰的街上變得一片死寂。

這時，使者大聲宣布噩耗：「國王陛下駕崩了！」

剎那間，所有人都安靜地低下頭，對這則不幸的消息表示哀悼。幾分鐘後，大家又一起跪在地上，朝著湯姆所在的市政廳，舉起雙手，大聲高呼：「國王愛德華六世萬歲！」

湯姆目瞪口呆地注視著眼前的景象，他看了看跪在他身旁的伊莉莎白公主和簡．格雷小姐，接著又與赫德福公爵四目相接。突然，他彷彿想到什麼似地，表情變得明朗起來。

他悄悄對赫德福公爵說：「請你誠實回答我，假如我現在以國王的身分下達命令，所有人都會服從嗎？」

「是的，陛下。您現在是英國的國王，您說的話就是金科玉律，任何人都不得違背！」赫德福公爵恭敬地回答。

緊接著，湯姆用具有威嚴的聲調，嚴肅地宣布：「從今天起，我要取消那些嚴苛的稅賦，並且施行仁政，讓我國的人民再也不用提心吊膽地過日子！」

大家一聽到湯姆的命令，立刻高興地歡呼：「血腥統治結束了！國王愛德華六世萬歲！國王愛德華六世萬歲！」

麥爾斯．亨頓和愛德華脫離了那群暴民後，立即沿著大街小巷逃跑，不知不覺來到了倫敦橋。那裡擠滿了人群，大家都在談論著國王亨利八世去世的消息。愛德華心頭一震，淚水忍不住潰堤。雖然亨利八世是一個殘忍的暴君，但對愛德華來說，卻是一個疼愛他的好父親。有一瞬間，愛德華覺得自己是世界上最孤獨的人了。

這時，附近傳來了一陣高呼：「國王愛德華六世萬歲！」愛德華的眼睛一亮，一股驕傲在心中油然而生。他心想：「噢，我現在是英國的國王了！這是讓人感到多麼自豪的事啊！」

亨頓就住在倫敦橋附近的客棧裡，當他準備打開房門時，約翰突然從角落竄出來，抓住愛德華的手臂，凶狠地說：「哼，我終於找到你了！這次我絕對不會再讓你逃走了！」

亨頓連忙擋在兩人中間，說：「先生，你這麼凶做什麼呢？你和這孩子是什麼關係？」

「別多管閒事！他是我的兒子！」

「他說謊！」愛德華生氣地大喊。

亨頓笑了笑，說：「孩子，我相信你。就算那傢伙真的是你的父親，他肯定也不會成為一個好榜樣。只要你願意跟著我，我一定會竭盡全力保護你，不讓你受到一點傷害。」

「我願意！我寧願死，也不願跟他回去！」

「先生，你聽見了嗎？這孩子說要和我待在一起，所以你要是敢再動他一根寒毛，就別怪我對你不客氣了！」亨頓一邊說，一邊把手伸向劍鞘，作勢要抽出寶劍。

約翰見情勢不利，只能摸摸鼻子離去。等約翰消失在人群裡，亨頓才到櫃檯點了飯菜，然後帶著愛德華回到房間。屋內十分簡陋，僅有一張破舊的床鋪和幾樣零星的家具。極度疲倦的愛德華一來到床前，便倒了下去。

「飯菜準備好後，叫我一聲。」愛德華迷迷糊糊地說完後，就睡著了。

亨頓沒好氣地看著熟睡中的愛德華，自言自語地說：「哈！這個小乞丐到別人家裡，竟然隨隨便便就占了人家的床，而且連一句客氣話也沒有。現在仔細一看，他那稚氣的臉龐還真的透露出一股王子的威嚴呢！唉，那可憐的孩子肯定是因為飽受折磨，才會精神錯亂！小鬼，從現在起，我就是你的朋友，我一定會像父親一樣保護你，慢慢治好你的病。」

他俯下身，憐惜地用手摸了摸愛德華的臉頰，繼續說：「我離開家鄉已經七年了，不知道家人們過得好不好？如果父親還在世，一定會好好照顧這個孩子。我那心地善良的哥哥亞瑟肯定也會這麼做。只是我的弟弟修……要是他敢傷害這可憐的男孩，我一定會讓他吃不完兜著走！對，乾脆回家去吧！只要回去那裡，就不用擔心沒人照顧他了。」

過了一會兒，客棧的夥計端著熱騰騰的飯菜走了進來，他把餐點放在搖搖晃晃的桌子上，然後砰地一聲把門關上。愛德華被這聲巨響驚醒，嚇得從床上彈起來，驚恐地看著四周。

「唉！原來這一切不是夢……」愛德華嘆了一口氣，小聲地說。

接著，他坐到餐桌前，一語不發地盯著食物。亨頓愉快地對他說：「來，快吃吧！這些都是我特地請廚師準備的唷！」

愛德華沒有回答，只是露出不悅的表情。亨頓摸不著頭緒，於是問：「你怎麼了？有什麼事嗎？」

「我要洗臉。」愛德華說。

「原來是這麼一回事！哈哈哈！無論是毛巾，還是其他家具，只要是我的東西，你都可以使用。」

愛德華還是坐在那裡一動也不動，而且還不耐煩地用腳跺了幾下地板。亨頓疑惑地問：「還有什麼問題嗎？」

「快去把臉盆裝滿水！」愛德華不高興地說。

亨頓差點沒笑出來，他心裡想：「那孩子還真是盛氣凌人，他命令別人的口吻，簡直就像是真正的王子殿下嘛！」

於是，他迅速完成了愛德華的要求，然後站在一旁等候吩咐。

「毛巾！」愛德華大喊，亨頓連忙將毛巾遞給他。

梳洗完畢後，愛德華自顧自地吃了起來。亨頓拉了一把椅子，正想坐下來和他一起用餐，沒想到，那男孩用力拍了一下桌子，怒斥道：「大膽！你居然敢和國王平起平坐？」

這句話讓亨頓著實嚇了一跳，他驚慌失措地站起來，小聲地說：「天哪，他的病情似乎隨著國王駕崩惡化了，現在居然稱自己是國王呢！唉，在這個孩子恢復健康之前，就先順著他的意吧！」

亨頓決定陪愛德華把這場戲演下去，他餓著肚子、規規矩矩地站在那孩子身後，竭盡所能地服侍「國王」。

愛德華吃飽後，心情變得愉快起來。他為了緩解緊張的氣氛，因此溫和地對亨頓說：「你叫做麥爾斯・亨頓？」

「是的，陛下。」亨頓恭敬地回答。

「和我說說你的事吧！你的劍術不錯，談吐也很有氣質，為人又富有俠義精神，你是不是貴族出身？」

「陛下，我們家是位階最低的貴族。我的父親是理查・亨頓男爵，住在肯特郡的亨頓莊園裡。我的父親非常富有，為人也很慷慨，經常接濟窮苦的百姓。在我小的時候，母親便去世了。我有兩個兄弟，哥哥名叫亞瑟，和我父親一樣是個為人正直的好青年；弟弟叫做修，他卑鄙貪婪、陰險歹毒，是一個無惡不作的大壞蛋。

「家裡除了我父親和我們三個兄弟之外，還住著我的表妹伊迪絲。她既美麗又善良，是某位伯爵的獨生女。那位伯爵和我父親是莫逆之交，由於她沒有其他親戚，因此她父親在臨終前將她託付給我父親，並留給她一大筆遺產。我和伊迪絲彼此相愛，但我們雙方的父親早在幾年前，就已經將她許配給我哥哥。其實，亞瑟另外有喜歡的女子，因此他要我們別放棄希望，總有一天，他一定會說服父親取消婚約。

「修也曾向伊迪絲表白，但我們都知道，他愛的不過是伊迪絲的遺產罷了。伊迪絲也很清楚他的為人，因此對他的話不為所動。修能言善道、精明能幹，加上他是老么，因此平時深受父親寵愛。亞瑟時常臥病在床，萬一不幸離世，亨頓莊園的繼承人當然非我莫屬。修為了除掉我這個眼中釘，於是在我的房間內擺了一把梯子，並買通幾個僕人做偽證，誣陷我企圖與伊迪絲私奔。

「不幸的是，我父親聽信了他的謊言，於是把我趕出家門，甚至要我離開英國。我來到別的國家，卻正好碰上戰亂，所以我也被迫加入了戰爭。在最後一次的戰役中，我成為了俘虜，被關在敵軍的地牢整整七年。後來，我想辦法逃了出來，又經過長途跋涉回到祖國。現在，我除了這身破衣裳，真的一無所有了。陛下，這就是我的故事。」

愛德華聽完後，怒不可遏地說：「你居然受到如此陷害！放心，等我恢復身分，我一定會對你的弟弟嚴加懲處！」

或許是因為亨頓的遭遇和自己有些雷同，愛德華敞開心扉，一股腦兒地告訴亨頓事情發生的經過。亨頓聽了愛德華的敘述，不禁感到大吃一驚。他心想：「天哪，他的想像力還真豐富！不過，既然他瘋了，又怎麼能講出一個合情合理的故事呢？唉，可憐的孩子！我一定會治好你的病……」

就在這時，愛德華像是想起什麼似地說：「對了，你將我從危險救出來，應當得到獎賞。來，說說看你的願望，只要我能辦到，我一定答應你。」

亨頓思索片刻後，跪在愛德華的面前，說：「謝謝您，陛下！那麼我想斗膽請求一事——請陛下准許我和我的後代子孫，擁有在國王面前坐著的權利！若陛下認為這個要求太過分，還請恕罪！」

「好，我答應你，而且我還要封你為子爵！」愛德華嚴肅地說完後，把寶劍放在亨頓的肩膀上，舉行授爵儀式。

接著，他大聲宣布：「起身，麥爾斯．亨頓子爵！我答應你的要求，只要英國皇室存在一日，這個特權就不會消失！」

亨頓立刻一屁股坐在椅子上，並暗自想著：「我真聰明！如此一來，我就不必每天罰站了，否則在他恢復神智之前，我不知道還得站多久呢！」

當晚，到了就寢的時候，亨頓照樣把床讓給了愛德華，並替他蓋好棉被，自己則縮在房間內的一角，昏昏沉沉地睡著了。隔天中午，亨頓醒來了，他見那孩子仍在睡覺，便輕輕掀開棉被，悄悄量他衣服的尺碼。

這時，愛德華醒了過來，他不滿地嘟囔：「你在做什麼？」

「沒什麼，陛下。我現在要出去辦事情，很快就會回來。您若還疲倦，就繼續睡吧……」亨頓的話還沒說完，愛德華又再度睡著了。

亨頓躡手躡腳地走了出去，大約過了半小時，他拿著一套男孩子的舊衣裳回來了。雖然衣服的質料粗糙，但還算乾淨。

他興高采烈地大喊：「陛下，該起床了！我替您買了一套衣裳，不知道合不合您的心意？陛下，您還在睡嗎？」

亨頓輕輕地掀開棉被，卻發現那孩子不見了！他大吃一驚，連忙叫客棧老闆上樓來。這時，客棧的夥計正好端著餐點走了進來。

「喂，快說！那孩子去哪裡了？」亨頓猛撲過去，大聲咆哮。

「先生，您剛離開不久，就有一個年輕人急急忙忙跑進來，說您要那孩子馬上到南區集合。雖然那孩子被人吵醒後非常生氣，但他一聽到是您請人來接他，就毫不猶豫地跟著那個人走了……」

「這個傻瓜！怎麼隨便相信陌生人說的話呢！還有你！你怎麼能讓他就這樣被人帶走？我問你，那個年輕人是單獨來的嗎？」

「是的，先生。」

「你再好好想想！你確定沒有人在外面等著嗎？」

過了片刻，那位夥計搔搔頭，說：「您這麼一說，我倒想起來了！那位年輕人帶著男孩離開後，我偷偷從窗戶瞄了一眼，發現他們身後跟著一個男人，而且他還向年輕人使了一個眼色……」

不等夥計說完，亨頓便三步併作兩步地衝下樓了。他一邊奔跑，一邊憤憤地說：「一定是那個自稱他父親的男人！可憐的孩子，就算我翻遍整個英國，我也要找到你！」

第五章 湯姆國王

亨利八世駕崩後的隔天清晨，湯姆從睡夢中驚醒，他整理了一下腦袋紛亂的思緒，然後突然開心地大叫：「謝天謝地！我終於從這場惡夢醒過來了！」

一個模糊的人影出現在他眼前，說：「陛下，您有何吩咐？」

「你說……我是誰？」

「啟稟陛下，昨天晚上您還是王子殿下，但從今天起，您就是我國最高貴的國王愛德華六世。」

湯姆睜大雙眼，驚恐地望向四周。當他發現總御寢大臣跪在床前時，便立刻明白自己仍被困在豪華的牢籠裡。

緊接著是繁瑣的更衣程序。

大侍從官拿起一件襯衣遞給總侍從官，再傳給次御寢大臣，接著又依次交給

溫莎御園總管、三級侍衛官、蘭開斯特公爵領地皇室大臣、倫敦塔典獄長、皇家總管大臣、世襲大司巾、英國艦隊司令官、坎特伯里大主教。最後，襯衣才終於落到總御寢大臣的手中，並由他為湯姆穿上衣服。湯姆認為這種更衣方式就像火災時，人們一個接一個地傳遞水桶，簡直毫無效率。

更令人無奈的是，湯姆穿每一件衣裳之前，都得經過如此漫長的流程，因此當他看到絲綢長襪被傳過來的時候，暗自鬆了一口氣，因為穿襪子是更衣的最後一道程序。

湯姆穿戴完畢後，便穿過兩旁站著大臣的走廊，朝餐廳走去。吃飽後，他在大臣們的引領下來到大殿，學習處理政務。他的「舅舅」赫德福公爵站在一旁，準備隨時協助湯姆解決各種問題。

不久之後，被先王欽點為遺囑執行人的大臣們來了，他們向湯姆宣讀遺詔，讓他了解先王已經決定的事項。接著，國務大臣上前稟報了一件事：「明天上午十一點，各國使者會前來拜訪，請陛下裁示是否要接見他們。」

湯姆轉過頭，詢問赫德福公爵的意見。赫德福公爵低聲說：「請陛下去見一下吧。他們都是專程前來表示哀悼的。」

於是，湯姆點了點頭，表示同意。

緊接著，另一位大臣向湯姆彙報皇室的開銷狀況：過去六個月的總花費為二萬八千鎊。湯姆從來沒有聽過如此巨大的數目，頓時嚇得目瞪口呆。當他聽到其中還有九十萬鎊尚未付款，而且國庫幾乎已經空了的時候，更是張大了嘴，不知道該說什麼才好。

過了片刻，他才嚴肅地說：「真是太荒唐了！既然我們已經入不敷出，那就趕緊裁撤掉皇宮裡多餘的僕役……」

湯姆的話還沒說完，就有人拍了拍他的肩膀，他轉頭一看，原來是赫德福公爵。他對湯姆搖了搖頭，表示剛才的主意並非明智之舉，不懂朝政的湯姆只好乖乖閉上了嘴。

過了一會兒，又有一位大臣報告說，先王在遺囑中，決定授予赫德福公爵「攝政王」的頭銜，並命他竭盡全力輔佐新繼任的國王；同時將他的弟弟湯瑪斯・賽莫爾伯爵和他的兒子，各晉升一個爵位。另外，由於先王並未在遺囑裡明訂那三人的俸祿，因此被命為遺囑執行人的大臣們認為應該按照慣例，賜給赫德福公爵一千鎊、其兒子八百鎊、其弟弟賽莫爾伯爵五百鎊。

湯姆覺得應該將那些錢拿來清償皇室的債務，但他明白赫德福公爵絕對不會樂意見到他莽撞發言，於是只好什麼話也不說。

他難受地嘆了一口氣，自言自語地說：「唉！我究竟犯了什麼錯，才會被迫坐在這裡，處理無趣的政務啊？」

大約過了一小時，有個年約十二歲的男孩被帶了過來，他身形瘦削，身上穿著樸素的黑衣、黑褲，肩膀上有一個紫色的蝴蝶結。男孩低著頭，畏畏縮縮地跪在湯姆面前。

湯姆命所有大臣離開，因為他想單獨跟這個和自己年紀相仿的孩子在一起。他坐在王位上，仔細地看了男孩好一會兒後，說：「起來吧。你是誰？來這裡做什麼？」

男孩站起來，滿臉擔憂地說：「陛下，我是專門替您挨打的代鞭童呀！難道您不記得我了嗎？」

「代鞭童？」

「是的，陛下。我是漢弗萊．馬洛呀！」

由於赫德福公爵忘了告訴湯姆有關代鞭童的事，因此湯姆什麼也不知道。偏偏赫德福公爵此刻不在他身旁，他只好搔搔頭，故意裝傻地說：「噢，聽你這麼一說，我似乎有點印象了！最近不知道怎麼回事，我的腦袋總是迷迷糊糊的，以前的事情幾乎都忘得一乾二淨了……」

代鞭童忍不住在心裡嘀咕：「天哪，原來那些謠言都是真的，陛下真的發瘋了！唉呀！我可不能忘了那些大臣們的叮囑，無論陛下做出什麼古怪的行為，都不能表現出驚訝的樣子。」

這時，湯姆又說：「你再多說一點以前的事，或許能幫助我恢復記憶。來，先說說你為什麼到這裡來？」

「是，陛下，恕我冒昧。幾天前，陛下在希臘語的課堂上答錯了三次，您還記得嗎？」

「嗯……似乎有這麼一回事。後來怎麼樣了呢？」

「教導陛下的老師說您簡直學得一塌糊塗，非常生氣，還說要狠狠抽我一頓才行……」

「打你？明明是我犯錯，老師為什麼要打你？」湯姆驚訝地問。

「噢，陛下，您又忘記了。每當您答錯題目，都是由我來替您受罪呀！陛下是神聖之軀，除非經過您同意，否則沒有人能夠碰您，更別說鞭打了，因

此就有了代鞭童這個職位，我就是靠替您挨打過活的。」

湯姆默默地看著那個男孩，心想：「這真是一個古怪的職業！要是大臣再聘請一個人替我接受麻煩的更衣程序，那該有多好呀！」

過了一會兒，他問：「那麼，你被老師懲罰了嗎？」

「還沒有，陛下。本來老師是定在今天處罰我，但因為現在是服喪期間，他認為這麼做不合乎禮儀，便決定延後執行。今天我會特地來這裡，就是希望陛下能夠替我說情，請老師放了我一馬。」

「我明白了，我會和他說的。」湯姆

拍胸脯保證。

「謝謝，陛下！您的恩惠，小人沒齒難忘！」漢弗萊激動地說。

突然，湯姆想到了一個好主意——他可以從漢弗萊那裡了解宮廷的人和事。於是，湯姆決定日後只要他一得空，就要命漢弗萊陪他談天。

第二天，各國大使帶著大批穿著華麗的隨從，來到大殿晉見國王。起初，湯姆對這種氣派的場面感到非常興奮，但隨著時間一分一秒流逝，他的熱情也逐漸消失殆盡。不過，湯姆仍舊保持著國王應有的風範，並按照赫德福公爵的指示去應對所有的問題。等到會見結束，湯姆才偷偷鬆了一口氣。

用完午膳後，湯姆走到窗前，眺望著宮外的景色。就在這時，他看見一大群人鬧哄哄地從遠處走了過來，大街上一片混亂。

「我真希望能知道那裡發生了什麼事……」他自言自語地說。

「陛下，如果您願意，我可以立刻派人去打聽。」赫德福公爵說。

「好，那就派人去問個明白。」湯姆說完後，暗自開心地想著，「其實，當國王也是有好處的嘛！」

赫德福公爵叫來一個侍從，對他說：「你去告訴護衛隊長，陛下命他問那些人為何鬧事。」

片刻之後，一大隊皇家衛兵穿著亮晃晃的盔甲走出大門，上前攔住了那群人的去路，並進行盤問。沒多久，那名侍從急急忙忙跑回來稟報：「陛下，有三個囚犯正被拖往絞刑臺，那些民眾都跟在後頭看熱鬧。」

湯姆的憐憫之情油然而生，於是他不由自主地說：「立刻把那三名犯人帶到這裡來，我要親自審問！」

說完，湯姆的臉不禁紅了起來，因為他又擅自莽撞發言了。正當他想收回這道命令時，卻發現所有的大臣都對他的話表示贊同。

湯姆的內心湧現一股神奇的感覺，對於「當國王」，他又有了全新的體會。他想：「這不正是安德魯神父家的故事書所描寫的情景嗎？以前我就曾經幻想，要是我當上國王，就要對全國人民下達命令。現在，這個夢想真的實現了！我應當珍惜這個得來不易的機會，並且慎重行使我的權力。」

過了一會兒，衛兵押著犯人進來了，其中有一個是男人，另外兩位似乎是母女。衛兵恭敬地向湯姆鞠躬後，便走到一旁站著，那三名犯人則低著頭，跪在地上。湯姆看了看那三人，他覺得那位男囚犯非常眼熟，卻想不起來自己曾在哪裡見過他。這時，那人好奇地抬頭看了宮殿一眼，然後又匆匆低下了頭。剎那間，湯姆的記憶湧上了心頭。

「我想起來了！這不就是在元旦那天，把我的朋友吉爾斯．威特從泰晤士河救上來的那個男人嗎？他是一個既勇敢又善良的人，怎麼會淪落到這步田地呢？那天的事情，我到現在還記憶猶新，因為我半毛錢也沒掙到，回家被父親和奶奶打個半死……」

湯姆將思緒收回來，並命令衛兵先把那兩名女囚犯帶出去，然後他問警官：

「這個人犯了什麼罪？」

「啟稟陛下，他用毒藥殺了一個人。」

湯姆大吃一驚，他實在無法相信那天如此見義勇為的人，居然會做出這麼可怕的事情。

「你們有確實的證據嗎？」他問。

「有，陛下。」

湯姆無奈地嘆了一口氣，搖搖頭說：「唉，那麼他就是罪有應得了！好了，把他帶下去吧！」

忽然間，那名囚犯緊握雙手，並用顫抖的聲音說：「陛下，請您一定要相信我，我是冤枉的呀！不過，事到如今，就算我說什麼，也無法改變判決結果了。陛下，我只求您能夠讓小人換另一種方式結束生命，小人原本所要受的刑罰真的太殘酷了呀！陛下，請您大發慈悲，改讓我處以絞刑吧！」

湯姆對於犯人的請求感到十分驚訝，於是連忙問他：「難道你不是被判處絞刑嗎？」

「不是，陛下。小人的懲罰是在滾燙的熱水裡活活被煮死！」

湯姆不敢置信地瞪大雙眼，嚇得從寶座上跳起來。他連忙大喊：「真是太殘忍了！可憐的傢伙，我答應你的請求！即使你毒死了一百個人，也不應該遭受如此恐怖的懲罰！」

犯人跪在地上，痛哭流涕地向湯姆磕頭。他一邊吸著鼻子，一邊說：「陛下的仁慈……一定會……流芳千古的！」

湯姆轉向赫德福公爵，問他：「以前也有使用過那些殘忍的酷刑嗎？」

「是的，陛下，剛才那位犯人說的是針對下毒犯的刑罰。」

「立刻下令廢止這種殘忍的酷刑！」湯姆厲聲說。

「遵命，陛下。」

警官正要將犯人帶走，湯姆突然用手示意他等一下，接著他說：「我想要進一步了解案情，把你知道的全都告訴我。」

「啟稟陛下，就我所知，這名犯人曾進入伊斯陵頓村莊內的一個病人的家，而且有三位民眾可以作證。當時，屋子裡只有臥病在床的病人和那名囚犯，就在那人離開一小時後，病人開始口吐白沫，幾分鐘後便撒手人寰了。」

「有人看見犯人下毒嗎？你們在現場有找到毒藥嗎？」

「都沒有，陛下。」

「那麼，為什麼說病人是被毒死的呢？」

「啟稟陛下，幾位醫生都說那人慘死的模樣和中毒身亡的症狀相同。」

這是很有說服力的證據，湯姆沉思了一會兒後，說：「唉，這些說詞都對那可憐的男人非常不利呀！」

「陛下，其實證詞不只這些呢！許多人都作證說，有一個女巫曾來到他們的村莊，並預言那名病患將來會中毒身亡，而且殺害他的犯人是一名衣衫破爛的禿頭男子。恰巧，這名男子的長相居然和女巫描述得一模一樣！既然有女巫的說詞為證，那麼他一定就是真正的凶手。」

在那個極為迷信的年代，人們對於擁有法力的人所說的話深信不疑。儘管湯姆也認為這件案子該結束了，他還是想聽聽那名犯人最後的辯解，於是說：「現在，你還有什麼話想說嗎？」

「陛下，雖然我是無辜的，但我實在無法提出證據來證明自己的清白。要是有人能夠為我作證，案發當時，我人正在距離病人家約三英里外的泰晤士河邊，救一個溺水的男孩，我就不用受這種罪了。可惜當時只有那孩子的幾個朋友站在岸邊，沒有其他大人，而法官不願採信孩子的說詞……」

「等等！警官，你說這起殺人案是在哪一天發生的？」

「陛下，今年一月一日，上午十點左右。」

「啊，沒錯！就是他！」湯姆心想。雖然他知道事情的真相，但若是直接說出來，恐怕會引起大家的猜疑，於是他大聲命令，「立刻去把那名被救上來的孩子及他的朋友帶過來，我要親自聽聽他們的說詞！」

「還有，先把那名犯人押回地牢，等我聽到孩子們的證詞後再做審判！」湯姆氣憤地大吼，「單憑那些荒誕的言論就判處一個人絞刑，所有的執法人員都應該感到羞愧！」

赫德福公爵和其他大臣們都為此審判感動，他們認為國王雖然身體欠佳，卻仍能做出睿智又果斷的決定，實在令人佩服。

湯姆聽到那些讚美的話語，自然感到非常高興。不過，他的喜悅並沒有維持太久，因為他想到了那位婦人和她的孩子，並急於知道她們究竟犯了什麼罪，於是他立刻命令衛兵將那兩人帶進來。

「她們倆做了什麼壞事？」湯姆問警官。

「啟稟陛下，她們把自己的靈魂賣給惡魔，並利用魔法危害人民，因此被法官判處絞刑。」

湯姆一聽，忍不住打了個冷顫。他曾在安德魯神父的家裡，讀過有關邪惡女巫的故事。他本想就此結案，但又怕她們也和那名男人一樣是被冤枉的，於是只好繼續問：「這是什麼時候發生的事？」

「陛下，是十二月的一個深夜，就在一座廢棄的教堂裡。」

「有誰在現場？」

「只有這兩個犯人，以及那位惡魔。」

「她們認罪了嗎？」

「沒有，她們不肯承認。」

「那麼，你們怎麼知道這件事情呢？」

「陛下，當時許多人都曾看見她們跑到那個舊教堂去，而且她們進去後沒多久，天空開始烏雲密布，接著就下起了暴風雨，把那一帶的房屋和農作物弄得一片狼藉。這個巨大的災難眾所皆知。」

「她們倆沒有受到暴風雨的影響嗎？」湯姆疑惑地問。

「陛下，她們的屋子也被吹倒了，因此現在無家可歸。」

「這就奇怪了！她們為什麼要使用法術，害得自己付出那麼大的代價呢？假如她們真的那麼做，那就代表她們瘋了，既然她們瘋了，就不清楚自己究竟在做什麼，因此也就沒有罪。」

大臣們點點頭，表示同意。

接著，湯姆又問：「她們是用什麼方法引起暴風雨？」

「陛下，她們只要脫下自己的襪子就可以了。」

湯姆頓時愣住了，因為他從未聽說過如此古怪的法術。他轉向婦人，大聲命令：「快把襪子脫掉，我要親眼看你呼風喚雨！」

朝中大臣們的臉瞬間變得慘白，大家雖然沒說什麼，卻都在心裡嘀咕：「陛下這麼做，實在太大膽了！」

婦人聽到湯姆的命令，立刻抬起頭，為難地說：「陛下，我真的沒有法力！我是冤枉的呀！」

「不必擔心，我絕對不會因此加重你的懲罰。相反地，只要你現在立刻施展法術，我就放了你和你的女兒。」

那婦人跪在地上，悲痛地說：「陛下，我真的沒有那樣的本事，否則我何不放手一搏，拯救自己和孩子呢？」

湯姆看了看婦人，又瞧了瞧諸位大臣。最後，他說：「我相信這個女人說的是實話。假如我的母親擁有那種本領，她一定會為了我，奮不顧身地招來一場暴風雨。這位婦人冒險違抗我的命令，就足以證明她並非可怕的女巫。好了，你和你的孩子自由了。」

幾乎所有的大臣都非常贊同湯姆此次的判決，只有幾個迷信的人還有些不服氣。為了讓大家都心服口服，湯姆微笑地對婦人說：「既然你們已經恢復自由，就不必在意其他人的眼光了。你們現在趕緊脫下襪子，為我招來一場小型的暴風雨吧！只要你們成功了，我就大大地賞賜你們！」

那對母女為了報答國王的恩惠，只好努力照做，可是她們試了半天，周遭還是一點動靜也沒有。漸漸地，那幾位迷信的人也相信她們沒有魔力了。最後，湯姆柔聲地對母女倆說：「沒關係，你們可以放心回家去了。」

話說，自從麥爾斯・亨頓發現愛德華失蹤後，便馬不停蹄地趕往南區，希望能夠趕上他們。起初，他還能從路人的口中打探到孩子的行蹤，可是到了後來，便音訊全無了。太陽逐漸西沉，亨頓拖著疲憊的步伐來到一家客棧，他簡單吃過飯後，就早早上床休息了。他決定明天一早繼續搜索，盡快把那孩子從自稱是他父親的壞蛋手中救出來。

現在，讓我們來看看真正的國王到哪裡去了吧！

客棧夥計說得一點也不錯，愛德華和那位年輕人的身後的確跟著一位形跡可疑的男子。他的左手臂用白色繃帶吊掛著，左眼戴著一個綠色的大眼罩，走起路來一瘸一拐，手裡拄著一根木頭做的枴杖。

那年輕人領著愛德華東繞西拐地走進郊外的森林，愛德華的雙腳都磨破了，卻還是沒見到亨頓，於是他忍不住生氣地說：「亨頓究竟在哪裡？既然路途那麼遙遠，他應當親自來迎接我！那傢伙簡直太無禮了！喂，我累了，我現在連一步也不願意再走了！」

年輕人立刻裝模作樣地說：「難道你打算待在這裡，讓你那受傷的朋友孤單地躺在樹林裡嗎？那好，就這樣吧。」

愛德華驚訝地大喊：「他受傷了？是誰做的？就算對方是公爵的兒子，我也絕對不會饒過他！算了，先不說這個了，你還是趕緊帶路吧！喂，你的腳拴了鉛錘嗎？再走快一點！」

不久之後，他們來到了一個空曠的地方，那裡有一座遭祝融肆虐過的農舍，附近還有一個廢棄的穀倉。周圍杳無人煙，除了鳥鳴聲之外，就再也聽不到其他聲音了。

年輕人走進穀倉，愛德華也跟了進去，並急切地問：「他在哪裡？」

這時，年輕人臉色一變，放聲大笑起來。愛德華知道自己上當後，氣急敗壞地抓起地上的一根木棒，準備朝那人身上打過去。忽然間，他的身後傳來了另一個嘲笑聲，這人正是那位偷偷跟蹤他們的男子。

愛德華轉過身，氣憤地問：「你是誰？到這裡來做什麼？」

那人冷冷地回答：「我的化妝技術沒有好到讓你連父親都認不出來吧？」

「我不認識你！」

約翰．康第嚴厲地說：「小鬼，我知道你瘋了，所以我也不想懲罰你，但你要是再惹我生氣，就別怪我對你不客氣了。還有，你說話最好小心一點，免得給我們大家惹上麻煩。你給我仔細聽著，我犯了凶殺案，所以我們再也不能住在『垃圾大院』了。另外，我們還得改名換姓才行。

我現在叫做約翰．霍布斯，你就叫傑克．霍布斯，記清楚了！對了，你母親和你姐姐沒有到約定的地方來，你知道她們去哪裡了嗎？」

國王瞪著他，說：「你不要說一些莫名其妙的話！我的母親早在幾年前就已經去世了，我的姐姐現在在皇宮裡。」

站在一旁的年輕人忍不住大笑起來，愛德華怒火中燒，再度掄起棍棒，準備給那人一點顏色瞧瞧。約翰連忙擋在兩人中間，說：「好了，雨果，別拿那小子開玩笑！傑克，你安靜一點！」

接著，約翰和雨果坐在乾草堆上，開懷暢飲起來，愛德華則坐在穀倉的另一邊，專注地看著那兩人的動靜，準備找機會逃脫。幾個小時過去後，約翰和雨果醉得不省人事，躺在地上呼呼大睡，愛德華見機不可失，連忙悄悄溜走了。

他飛也似地往前跑，很快就把穀倉拋在了身後。直到確認自己已經脫離險境後，愛德華才逐漸放慢腳步。這時的他餓得飢腸轆轆，而且非常疲倦，因此他在一戶農舍門口停下來，請求屋主讓他進去休息，沒想到那人一看到愛德華衣著破爛，便認定他是無家可歸的遊民，立刻將他趕走了。

天黑了，氣溫比白日低了許多。儘管愛德華疲憊不堪，他仍舊不停往前走，因為只要一坐下來休息，就會馬上覺得寒氣透入骨髓。愛德華搖搖晃晃地走著，忽然間，他看到不遠處的倉庫散發著淡淡的光芒。他躲在一旁靜靜觀察，等到確定那裡並無危險後，便悄悄溜了進去。

就在這時，屋外傳來了說話聲，愛德華連忙躲到一個大木桶的後面。過了一會兒，兩個農夫提著燈籠走了進來，一邊聊天，一邊工作。愛德華藉著燈光，發現倉庫的另一端有一個很大的牛棚，裡頭還有新鮮的乾草和一條毯子。

兩位農夫完成工作後，便離開了。冷得直發抖的愛德華迅速爬上乾草堆，並將毯子蓋在身上。雖然那條毛毯又舊又薄，而且還散發出刺鼻的牛糞味，愛德華卻覺得很幸福，一下子就進入了夢鄉。

第六章　陷入困境的愛德華

第二天早晨，愛德華從睡夢中醒了過來，他發現一隻濕漉漉的老鼠居然趁他熟睡時，將他的胸口當作溫暖的小床。老鼠被愛德華翻身的動作驚醒，立刻飛也似地逃走了。

愛德華笑著說：「可憐的小東西，你何必害怕呢？其實，我也和你一樣悲慘呀！不過，既然老鼠願意在我的身上睡覺，看來我的處境還不算太糟嘛！」

他站起身，走出牛棚，突然聽到幾個孩子的聲音，接著倉庫的門被打開了，兩位小女孩走了進來。她們看見愛德華後，嚇得呆站在原地，默默地觀察著這位不速之客。過了一會兒，兩個女孩低聲耳語了幾句，然後一起走近愛德華，她們在距離他幾步之遙的地方停下來，再度竊竊私語。

她們繞著愛德華走了一圈，彷彿在看一個從未見過的動物。同時，她們緊緊

牽著彼此的手，以防那位陌生人的突襲。

最後，年紀看起來稍長的女孩鼓起勇氣，問：「你是誰？」

愛德華沉穩地回答：「我是國王。」

兩個女孩一聽，驚訝地瞪大雙眼。一會兒後，那名孩子又繼續問：「你是哪一個國家的國王？」

「英國的國王。」

「國王為什麼睡在牛棚裡呢？」另一個女孩懷疑地問。

愛德華為了取得女孩們的信任，於是一五一十地把事情的經過說了出來。姐妹倆聽得津津有味，還不時對愛德華的遭遇表示同情。當他說起自己已經好久沒有吃東西時，她們立刻打斷他的話，說要帶他到屋裡吃飯。

愛德華非常高興，他想：「等我正式登基，我絕對要好好犒賞這兩位向我伸出援手的孩子。那些自以為聰明的大人都把我當作瘋子看待，還對我冷嘲熱諷，真是可嘆！」

女孩們的母親熱情地招待愛德華，他的遭遇讓她起了惻隱之心。她是個無依無靠的寡婦，家境貧困，所以能對別人的不幸感同身受。她認為這位精神錯亂的孩子一定是從家裡溜出來的，因此她試圖問出他住所的地址，以便送他回去。然而，當婦人提起附近的城鎮和村莊時，他卻只是自顧自地談宮裡的事，而且只要一提到那位已故的「父王」，就會忍不住潸然淚下。

婦人並沒有放棄希望，她想透過談話，猜測出男孩的生長環境。於是，她說了各種家禽，但男孩興致缺缺，因此他應該不是牧童；她又談了勞工、織布匠、補鍋匠，以及其他行業，還聊了監獄、教堂和精神病院，但男孩並沒有做出她預期之中的反應。

不過，當婦人談起烹飪時，愛德華立刻表現出非常感興趣的模樣，因為他實在是餓壞了。婦人見狀，便篤定男孩是在廚房裡打雜的。可是她似乎又猜錯了，因為當她談起打掃、生火的事情時，男孩又沒了興致；對於清洗鍋碗瓢盆這類的談話，他更是露出了不屑的神情。

這時，餓得前胸貼後背的愛德華聞著鍋裡飄出來的香味，滔滔不絕地說出許多名貴的佳餚。婦人非常高興，以為自己終於知道了男孩的真實身分。她心想：「我猜得果然沒錯，那孩子在廚房工作過，而且還是在有錢人家的家裡，說不定他曾替國王做過飯呢！」

她想證實自己的想法是對的，於是藉故走出廚房，讓男孩一展廚藝。

愛德華嘀咕說：「她竟敢讓英國國王做這種事！算了，古時候，不也有一位帝王放下身段洗手作羹湯嗎？既然他能做到，我一定也可以。好，現在就來看看鍋子，免得菜燒焦了。」

雖然他努力地想完成婦人交給他的任務，但絲毫不懂烹飪的他，把廚房弄得一塌糊塗。幸虧婦人回來的正是時候，即時挽救了大家的早餐。她生氣地把愛德華罵了一頓，後來看到他自責的樣子，也就不忍心再說什麼了。

過了一會兒，大家一起坐在餐桌前，大快朵頤起來。這頓飯有個奇妙之處，那就是雙方都沒有計較彼此的身分。其實，婦人原本打算像對待乞丐一樣，讓愛德華到角落吃飯，但因為剛才責罵了他，內心有些愧疚，於是決定讓她和孩子們坐在一起用餐；至於愛德華，他覺得這家人待自己十分友善，但是自己卻差點害得大家沒有早餐可吃，為此感到相當抱歉，因此他默許她們和他平起平坐，不必站在一旁伺候。

吃完飯以後，婦人吩咐愛德華收拾碗盤，並把它們清洗乾淨。愛德華正想拒絕，卻突然想到：「既然古代的那位帝王做過飯，那他肯定也洗過碗。好，我也來試試看吧！」

本來他以為洗碗是一件輕而易舉的事情，想不到他卻怎麼洗也洗不乾淨。然而，不喜歡半途而廢的他，還是耐著性子把這項任務完成了。正當他用抹布擦乾碗盤時，發現窗外有兩個可疑的人影。他仔細一看，那兩人居然是約翰．霍布斯和雨果！愛德華連忙從後門逃出去，鑽過竹籬笆跑

進森林裡，一下子就跑得無影無蹤了。

這時，天已經完全擦黑了。筋疲力盡的愛德華來到一棵大樹下，打算在這裡過一夜。可是，強風的呼嘯聲和彷若可怕怪物的樹木，讓愛德華輾轉難眠，於是他站起身，繼續往前走，企圖找到一個像牛棚那樣的棲身之處。

走了一陣子之後，愛德華終於看到前方出現一絲亮光，他謹慎地走過去，發現那道光是從一間屋子裡透出來的。這時，他聽見裡面傳來一陣說話聲，嚇得連忙躲到樹叢後方。他側耳細聽，發現那人正在禱告，於是悄悄靠近窗戶，踮起腳尖，朝裡面窺探。

那是一間狹小的房子，地上是沒有鋪地板的泥土地，角落裡有一個用乾草製成的床，上面有幾條破舊的毛毯。床前擺放著幾個鍋碗瓢盆，以及一張三隻腳的小桌子，壁爐裡還有沒燒完的木柴在冒著煙。另一個牆角設有一座神龕，上面點了幾盞蠟燭，一個老人跪在地上，他的身旁放著一本《聖經》。那人身形瘦削，頭髮和鬍鬚像雪一樣白，身上穿著破舊的羊皮長袍。

「這一定是聖潔的修道士！我真是太幸運了！」愛德華心想。

他興高采烈地敲了敲門，隨後裡面傳來了一個低沉的聲音：「進來！不過，你必須把所有邪惡的思想拋在腦後，因為這裡是神聖的地方！」

愛德華大步走了進去，修道士轉過頭看了看他，問：「你是誰？」

「我是國王。」愛德華冷靜地回答。

「歡迎，歡迎！」修道士一邊說，一邊熱情地讓愛德華坐在矮凳上。他往爐火裡添加了幾根柴薪，然後興奮地來回踱步。

「太好了！以前曾有幾個人來這裡尋求庇護，但他們都是一些凡夫俗子，所以被我拒於門外。不過，像你這樣捨棄王位、蔑視塵世浮華、身穿破爛服裝、想過靜修生活的國王，我非常歡迎。」

愛德華沒想到修道士居然誤會了自己，他想解釋事情的來龍去脈，但對方完全不給他說話的機會，自顧自地說：「你只要待在這裡，就可以忘卻世俗的一切煩惱。你可以透過閱讀《聖經》、向上帝禱告，來找到內心的平靜，而且為了淨化靈魂，你每天都必須用鞭子抽打自己。你只管放心住下來，倘若皇室派人到這裡找你，我會把他們打發走的。」

修道士說完後，一語不發地在屋子裡走來走去。愛德華連忙逮住機會，向修道士說明自身的遭遇。可是，修道士完全沉浸在自己的世界裡，根本沒有仔細聆聽愛德華在說些什麼。

突然，他停下腳步，把頭轉向愛德華，然後嚴肅地說：「噓！我要告訴你一個祕密。」

「什麼祕密？」愛德華疑惑地問。

修道士走到窗邊，確認沒有人偷聽他們的談話後，輕輕走到愛德華身旁，俯下身對他說：「其實，我是大天使。」

愛德華大吃一驚，心想：「天哪，我好不容易才擺脫那兩個壞蛋，結果居然又碰到了一個瘋子！」

修道士仍舊興致勃勃地說：「你看起來似乎有些害怕，不用擔心，我不會傷害你的。五年前，上帝派了幾位天使來授予我這個職位，從此以後，我便有了自由穿梭於天堂和人間的能力。我可以在天堂散步，並與眾神靈談話。來，過來摸摸我的手。這雙手可是被亞伯拉罕、以撒和雅各握過呢！」

說到這裡，他停頓了一下。過了一會兒，他的臉色突然變得鐵青，情緒激動地說：「二十年前，上帝曾在夢中告訴我：『你會成為教皇。』從那天之後，我日日都在期盼穿上教皇的法袍。可是，國王卻把教會解散了，害得我的遠大前程也跟著化為泡影！」

修道士憤怒地發著牢騷，還不停用拳頭捶打自己的額頭。他一邊詛咒那個拆毀教會的國王，一邊反覆嘟囔：「我本來可以成為教皇，現在卻只能當遺落人間的大天使！」

可憐的愛德華戰戰兢兢地坐在椅子上，看著修道士自言自語。忽然間，修道士恢復了理智，語氣也變得溫和許多。他把愛德華帶到靠近爐火的地方，細心地為他處理傷口，並準備了一頓簡單的晚餐。他慈祥地看著愛德華享用餐點，還不時用厚實的手掌撫摸孩子的頭。漸漸地，愛德華忘記了剛才的恐懼，與修道士暢談起來。

晚飯後，修道士像慈祥的父親一樣把愛德華抱到床上，並替他蓋上棉被。為了讓屋內保持溫暖，他又往爐火裡扔了幾根木柴。突然，他像是想起什麼似地站起來，走到愛德華身邊，嚴肅地問：「你真的是國王嗎？」

「是的。」愛德華閉著眼睛咕噥道。

「你是哪個國家的國王？」

「英國。」

「什麼！也就是說亨利八世去世了嗎？」

「是的，我就是他的兒子。」

修道士皺起眉頭，臉色瞬間變得陰沉。他緊握著瘦骨嶙峋的雙手，深吸了幾口氣後，用沙啞的聲音說：「你知道，當時解散教會、害得神職人員流離失所的人，正是你的父親亨利八世嗎？」

愛德華對修道士的話毫無回應。

修道士俯下身，凝視著他的臉，發現他已經沉沉睡著了。修道士露出陰險的笑容，並悄悄走到另一側的牆角，找出一把生鏽的屠刀和一塊磨刀石。接著，他坐在爐火前，輕輕地磨起刀來，嘴裡念念有詞：「小鬼，要不是你的父親，我早就成為尊貴的教皇了！既然我無法親手解決亨利八世，那就殺死他的兒子，以洩我心頭之恨吧！」

修道士緊握著刀，悄悄地來到床前。他屏息靜氣地盯著愛德華好一會兒，然後小聲嘟囔：「現在夜深人靜，萬一那孩子喊叫起來，驚動了住在附近的農民，那就不好了。」

於是，他從屋裡找來一塊破布和兩條繩子，然後回到床邊，躡手躡腳地把愛德華的雙手、雙腳捆了起來，並在他的嘴巴綁上布條，防止他的叫聲被人聽見。修道士的動作非常輕柔，以致愛德華仍舊安穩地睡著，絲毫沒有發現自己已經處在危險的境地之中了。

修道士滿意地回到爐火前的座位，他一邊注視著熟睡的孩子，一邊輕輕地磨著刀，完全沒有注意到時間的流逝。他彷彿一隻灰色的大蜘蛛，迫不及待地想將那隻黏在他網上的可憐小蟲吞進肚子裡。過了很長一段時間，曙光照射進陰暗的屋內，早晨來臨了。

修道士仍沉浸在自己的幻想裡，完全沒有發現愛德華已經醒了。當他瞥見愛德華瞪大雙眼，驚恐地看著他時，不禁露出惡魔般的微笑，問：「亨利八世的兒子，你禱告了嗎？」

愛德華不停扭動身子，嘴裡發出「嗚嗚」的聲音。修道士把嗚咽聲當作他的回答，於是大聲說：「那麼臨死前，你再禱告一次吧！」

愛德華明白自己已經無法逃離修道士的魔掌，於是停止了掙扎。他發出一聲絕望的呻吟，眼淚忍不住奪眶而出。然而，修道士只是面無表情地看著他，內心的怒火並沒有被孩子的淚水澆熄。

過了一會兒，修道士認為時機已到，便舉起手中的屠刀，對愛德華說：「別害怕，這一切就要結束了！過了這麼多年，我終於能夠親手替自己報仇了！可憐的小鬼，你就到地獄去見你的父親吧！」

修道士說完後，準備拿刀朝愛德華刺去……

就在這時，屋外傳來了說話聲。修道士嚇了一跳，手中的刀子掉落在地。他連忙用毛毯蓋住愛德華，仔細聆聽外面的動靜。說話聲變得愈來愈大，還夾雜著打架聲和呼救聲。緊接著，有人一邊拍打著門板，一邊憤怒地大喊：「喂，快開門！裡面的人聽見了沒有？快給我把門打開！」

噢，對愛德華來說，這真是世界上最美妙的聲音了！因為那是麥爾斯・亨頓的吶喊聲！

修道士咬牙切齒地走出屋子，愛德華興奮地聽著兩人的談話。

「快告訴我，那孩子在什麼地方？」

「孩子？什麼孩子？」

「不要裝蒜，快點說實話！我剛才逮到了誘拐那孩子的兩個壞蛋，他們已經向我承認，昨晚他們在追趕孩子的時候，看見他走進了這間屋子，而且他們還把孩子留下來的腳印指給我看。所以你仔細聽著，要是你不趕緊把他交出來，我就對你不客氣了！」

「先生，您說的是一個穿得破破爛爛的乞丐吧？昨天晚上，他確實在我這裡過了一夜。不過，我請他到附近去辦事了，可能要等會兒才會回來。」

「他去哪裡了？我現在立刻就去找他！」

「您不用著急，他很快就會回來了。」

「好吧，那我就待在這裡等他。咦，等等！按照那孩子的個性，他根本不可能會替別人做事呀！快說，你到底把他藏在哪裡？」

「不錯，他確實如此，可是我並非凡人，所以他還是得對我敬畏三分。」

「什麼？那麼你到底是誰？」

「這可是個祕密，你絕對不能說出去。其實，我是大天使！」

亨頓大吃一驚，心想：「天哪，看來那自稱國王的孩子真的去為他跑腿了！

這兩個瘋子待在一起，不知道會做出多麼愚蠢的事呢！唉呀，現在不是想這些的時候！我究竟是要動身去找那孩子，還是待在這裡等他回來呢？」

就在亨頓猶豫不決時，他突然聽到了一個細微的嗚咽聲，於是疑惑地問：「那是什麼聲音？」

原來，愛德華趁兩人交談時，費了九牛二虎之力把毛毯抖落到地上，然後竭盡全力發出微弱的呼救。

修道士裝糊塗地問：「哪有什麼聲音？我只聽到風聲。」

「不，那聲音聽起來不像風聲……」

「噢，我好像也聽見那個聲音了！不過，它似乎是從那裡的矮樹叢傳來的，我們過去看看吧！」

他們的談話聲隨著腳步聲逐漸遠去，四周陷入一片可怕的寂靜。愛德華本以為可以獲救，哪曉得亨頓還是被狡猾的修道士騙過去了。他絕望地躺在床上，彷彿一隻毫無抵禦能力的待宰羔羊。

就在這時，愛德華聽見一陣猛烈的開門聲。他嚇得閉上眼睛，並將身體蜷縮起來，等待修道士了結自己的性命。時間一分一秒地流逝，可是愛德華並沒有感覺到刀子落在身上的痛楚，於是他緩緩睜開眼，結果發現站在他面前的居然是約翰．霍布斯和雨果！

要是愛德華的嘴巴沒有被修道士用布條綁住，此刻的他一定會高興地大喊「謝天謝地」！那兩人迅速地解開他身上的繩結，然後一人抓著他的一隻手臂，飛快地鑽進外面的樹林裡。

約翰．霍布斯和雨果把愛德華帶回穀倉後，狠狠毒打了他一頓，並說無論他是否願意，明天都要出去偷竊，好讓大家能飽餐一頓。

隔天，雨果帶著愛德華來到大街，伺機尋找下手的目標。這時，一個女人走了過來，手裡提著一個裝滿食物的竹籃。雨果見狀，小聲對愛德華說：「待在這裡等我回來。」接著，他便悄悄向女人跑去。

愛德華十分興奮，因為要是雨果再走得遠一些，他就有機會能夠逃跑了。雨果裝作被旁人推擠的模樣，故意靠向那個女人，然後偷偷地從竹籃裡拿了一隻烤雞，並用他預藏好的破布緊緊包起來。女人絲毫沒有察覺到異狀，等到她發現籃子比剛才輕了許多，才注意到食物已經被偷走了。

雨果跑向愛德華，並將偷來的東西塞到他的手裡，然後說：「快點大聲喊『捉賊』，把大家引到另一條路！」

說完，雨果跑進了一條小巷子，並躲在轉角處，偷偷觀察事情的發展。要是事跡敗露，他就拋下那孩子，獨自逃命。

不願按照命令行事的愛德華立刻把包裹扔在地上，破布鬆了開來，露出了藏在裡面的贓物。恰巧那個女人跑了過來，她一看見地上的烤雞，便立刻抓住愛德華的手臂，憤怒地破口大罵。

愛德華拚命想甩開女人的手，可是對方死死地抓著，根本不讓他有掙脫的機會。忍無可忍的愛德華生氣地大吼：「你這個女人，還不趕快放開我！我已經說了，那隻烤雞不是我偷的！」

路過的民眾紛紛圍攏過來，他們對愛德華投以鄙視的目光。一個身材魁梧的鐵匠打算教訓愛德華一頓，他捲起衣袖，伸出手準備給愛德華一巴掌。

就在這時，一把長劍的刀刃落在了鐵匠的手臂上，同時那把長劍的主人嚴肅地說：「你們怎能對一個孩子動粗？況且這件事應該交由警方來處理吧！夫人，請您先鬆手，好嗎？」

鐵匠瞥了那男人一眼，發現他的體格比自己壯碩許多，只好識相地離開了。女人不情願地鬆開愛德華的手臂，狠狠瞪著那名不速之客。

愛德華急忙奔向那個男子，眼裡閃爍著喜悅的光芒，大叫：「麥爾斯子爵，你來得正好！快點帶我離開這裡！」

第七章　鋃鐺入獄

亨頓趁眾人毫無防備之際，帶著愛德華回到先前下榻的客棧。他付清款項，並為愛德華換上他先前買的舊衣裳後，便朝故鄉而去。

經過一番長途跋涉之後，他們倆終於來到了亨頓莊園，沒想到一切都已物是人非，不僅亨頓的父親和哥哥都已先後病逝，就連心愛的伊迪絲都被迫嫁給了弟弟修。亨頓的歸來讓修非常不安，他擔心亨頓會重新奪回家產，於是假裝認不出亨頓就是自己出走多年的哥哥，並立刻叫來警官，把亨頓和愛德華當成遊民押入監獄。

兩人就這樣被關到一間大牢房，裡面擠滿了犯人。

愛德華坐在乾草堆上，沉思了一會兒後，突然自言自語地說：「太奇怪了，真是令人難以理解！」

「不，陛下，這一點也不奇怪。我非常了解那個如同狐狸般狡詐的弟弟，他什麼壞事都做得出來。」

「我不是在說你的弟弟，麥爾斯子爵。」

「那麼陛下，您是指哪件事情很奇怪？」

「就是沒有人尋找國王的這件事呀！你想想看，原本該繼承王位的我在外面四處流浪，意味著國王的寶座到現在仍舊空著，可是整個國家居然一點反應也沒有，這不是非常令人匪夷所思嗎？」

「陛下，您說得對極了！」亨頓說完後，心想，「可憐的傢伙，就算身陷囹圄，還是在做著國王的美夢。」

「不過，我有一個好主意。只要這個辦法成功，我們就可以把屬於自己的權力找回來。我的想法是：我用拉丁文、希臘文和英文寫一封信，然後你偷偷溜出監獄，拿著它趕到皇宮，並親自交給我的舅舅赫德福公爵。他認得我的筆跡，所以他一看到信，馬上就會派人來帶我回去。」

「陛下，您的主意真是太棒了！不過，能否等我解決莊園繼承的糾紛後，再去執行……」

「住口！麥爾斯子爵，你認為是一國的王位問題重要，還是一個地方貴族的繼承問題重要？」愛德華大吼。

亨頓被愛德華突如其來的怒吼嚇得呆愣在原地，不知道該說些什麼才好。愛德華覺得有些過意不去，於是溫和地說：「別擔心，你就照著我的話去做吧。關於亨頓莊園的繼承問題，我會妥善處理的。」

說完，愛德華便和獄卒要來紙筆，開始寫信。

亨頓注視著他，忍不住心想：「那孩子說話的語氣，還真有一國之君的風範呢！而且他一本正經地在那裡振筆疾書，似乎很滿意自己寫出來的內容。唉，除非我能想出一個妙招讓他打消念頭，否則我就得冒著生命危險越獄，去替他完成那項愚蠢的差事了！」

麥爾斯一直沉浸在自己的思緒裡，當愛德華把信遞給他的時候，也沒仔細審閱內容，就直接把它放進衣服的口袋裡。

隔天，就在愛德華催促亨頓趕快執行計畫時，獄卒領了一位老人過來，並指著一大群犯人，說：「那個騙子就在這裡，你看看能不能認出他來。」

亨頓抬起頭，不禁喜出望外。他心想：「那不是布雷克嗎？他伺候我父親一輩子，是一個正直的好人。不過，我離開莊園那麼久，說不定他已經不記得我的容貌了。」

那老人仔細地看過每一位囚犯後，對獄卒說：「那些全都是舉止粗野的人，哪裡有亨頓少爺的身影？」

獄卒大笑起來，用手指著亨頓，說：「哈哈哈！老先生，自稱亨頓少爺的就是那個身材高大的傢伙。」

老人來到亨頓面前，仔細打量了他一番。最後，他搖搖頭說：「依我看，那個人絕對不是亨頓少爺。」

「沒想到你年紀雖大，眼睛卻還是很雪亮。假如我是修男爵，一定立刻把他當場……」獄卒沒有繼續說下去，只是踮起腳尖，裝出一副被繩索吊起來的模樣，還故意發出類似臨死前的喘息聲。

老人氣憤地說：「唉呀，絞刑真是太便宜他了！像他那種罪孽深重的壞蛋，就應該處以火刑！」

獄卒再次放聲大笑，然後說：「你要是有時間，也可以留在這裡教訓他一頓。」說完，便大搖大擺地走到別間牢房了。

老人等獄卒走遠後，連忙向亨頓下跪，並流著淚說：「謝天謝地！少爺，您終於回來了！七年來，您杳無音訊，我們一直以為您不在人世了。想不到，您居然還活著！少爺，雖然我年紀大了，但只要您吩咐一聲，即便我拚了這條老命，也會在眾人面前證明您

的身分！」

亨頓感動地說：「布雷克，謝謝你！不過，現在暫且不要輕舉妄動，否則不知道修又會使出什麼手段來對付我。」

從那天以後，老人便以「懲處」亨頓為由進出牢房，替亨頓和愛德華送來一些美味的食物。對那落難的兩人來說，老人簡直就是他們的救星。除了送飯菜之外，老人也會告訴他們國內發生的各種大事，在他所有的言論裡，只有一件事情引起了愛德華的注意。

「據傳聞說，這次登基的國王瘋了，而且先王還特別下令，凡是散播這個謠言的人，一律處死。」

「別胡說八道！國王絕對不是瘋子！」愛德華瞪著老人，生氣地說。

「你這話是什麼意思？」老人驚訝地問。

為了不讓愛德華發瘋的事情被人發現，亨頓連忙示意老人繼續說下去，於是老人接著說：「據說，先王的葬禮將在這個月十六日舉行；新國王的加冕典禮則訂在這個月二十日。」

「他們得先找到國王才行呀！」愛德華咕噥道，「我相信那些大臣們一定會找到我的！」

老人沒有聽見愛德華說的話，自顧自地說：「修少爺也會參與加冕大典，因為他和攝政王的關係很好，說不定這次能趁機晉升爵位呢！」

「誰是攝政王？」愛德華疑惑地問。

「就是陛下的舅舅赫德福公爵呀！」

「他什麼時候被封為攝政王的？」愛德華嚴厲地問。

「今年一月底。」

「是誰封他這個職位？」

「當然是由國王陛下親自任命囉！」

「國王陛下？哪一個國王陛下？」愛德華吃驚地問。

「就是愛德華六世陛下呀！大家都說他是個善良又可愛的孩子，他一上任，就立刻廢除了許多殘忍的酷刑和法律。所有的人民都真心為他祈禱，希望他的身體能夠早日康復。」

這個消息讓愛德華大為震驚，他陷入一陣沉思，以致他完全沒注意到老人已經離開監獄了。

他想：「大家口中的『國王陛下』，該不會就是那個小乞丐吧？雖然他和我的外貌確實非常相似，可是只要觀察他的言行舉止，任何人都會看出他並非皇室成員吧！難道是朝中大臣為了安定天下人的心，所以先讓某個貴族的孩子繼承王位嗎？這不可能呀！而且赫德福舅舅也不會同意的。」

愛德華做了許多推測，卻還是沒有找出一個最合理的答案。他愈是努力去解開這個謎，就愈是感到迷惘。現在的他真想逃出監獄，並趕回皇宮，他幾乎無法再忍受這種悲慘的生活了。

亨頓想盡辦法使愛德華平復心情，可是一點用也沒有，反倒是同樣被關在牢裡的兩個女人，給了愛德華很大的安慰。在她們溫柔的開導下，他終於不再胡思亂想了。他對那兩人心存感激，也非常喜歡她們的陪伴。

有一天，愛德華好奇地問她們為何被關在這裡，那兩人回答說，因為她們是基督新教的成員。

愛德華一聽，不敢置信地說：「那樣也需要被關進牢裡嗎？不過，別擔心，我相信你們很快就會恢復自由了。」

兩個女人一語不發地看了看彼此，愛德華看到她們的反應，不安地問：「為什麼不說話？難道你們還會受到嚴厲的懲處嗎？」

她們倆不想讓愛德華擔心，於是努力轉移話題。可是，愛德華仍繼續追問：「他們該不會用皮鞭抽打你們吧？」

兩個女人看上去非常痛苦，其中一位忍不住用沙啞的聲音說：「唉呀，仁慈的孩子，有你的鼓勵，我們一定可以熬過去的！」

愛德華吃驚地大叫：「這麼說你們真的會受到鞭刑囉？噢，你們一定要撐下去！等我回到皇宮，一定會派人來救你們的！」

第二天早上，當愛德華醒來時，發現那兩個女人已經不見了，而且她們還在他的衣服上，繫了兩條黃絲帶。他以為她們被釋放了，心裡非常高興，並且暗自下定決心，以後絕不會再讓人民活在宗教迫害的陰影之中。

不久之後，獄卒命令所有的囚犯到院子裡去。愛德華興奮極了，因為他終於能夠再次呼吸到外面新鮮的空氣。大家規矩地排著隊，一個一個走出監獄大門，輪到愛德華時，他卸下手銬和腳鐐，跟在別的犯人後面走出去。

院子的四周是高聳的石牆，地上布滿碎石子，站在這裡往上看，映入眼簾的是四方形的天空。犯人們進到院子後，便靠著牆壁站成一排，獄卒在他們的前面拉起一條繩索，以便管制。這是一個寒冷的早晨，雪花從天空不斷落下，把大地變成了銀白世界。

兩個女人分別被綁在木樁上，聳立在院子的正中央。愛德華只瞥了一眼，就立刻認出她們是帶給他溫暖的那兩個女人。他不禁打了一個冷顫，心想：「我還以為她們重獲自由了，想不到……唉，那樣善良的人居然要受這種酷刑，真是令人不敢相信！那兩人給了我許多安慰，但現在我卻只能眼睜睜地看她們受苦，實在讓我太難受了！」

就在這時，院子另一側的大門被打開了，一個神情莊嚴的牧師走了進來，身後跟著一大群看熱鬧的民眾。愛德華的視線被那些人擋住，只能聽見牧師斷斷續續的說話聲。過了一會兒，典獄長大喝一聲，人群頓時朝兩旁散去，愛德華好不容易重新見到了那兩個女人，然而眼前的景象卻令他嚇得目瞪口呆！原來，她們的周圍堆滿了木柴，還有一個男人正蹲在地上點火！

兩個可憐的女人低著頭，神情相當淒苦。她們腳下的木柴劈啪作響，黃色的火焰逐漸往上攀升。當牧師舉起雙手，準備為兩人禱告時，兩個小女孩從大門飛奔進來，並且一邊大聲哭叫，一邊撲向那兩個正在受刑的女人。獄卒連忙將她們拉開，但其中一個女孩從他的懷裡掙脫，緊緊地抱住被綁在木樁上的女人，還哭著說要和母親一起受苦。

愛德華轉過頭，不忍再看。他捂著雙眼，自言自語地說：「我永遠也不會忘記剛才看到的那一幕。唉，如果我是個什麼都看不見的盲人，就不用遭受這種心靈的折磨了！」

那天下午，又有幾個要被押解到全國各地監獄的囚犯被關了進來，他們要先在這裡過一夜，等明天一早再出發。愛德華認真地聆聽每一位犯人不幸的遭遇，他每聽完一個人的敘述，就愈想盡快找回屬於自己的王位，因為唯有如此，他才能給予那些人實質的幫助。

在這些囚犯當中，有一位既堅強又勇敢的老律師。三年前，他曾經寫了一篇批判大法官執法不公的文章，結果不僅被判罰三千鎊及吊銷律師執照，還被割去一隻耳朵，並判處終身監禁。

「這就是光榮的傷疤。」他指著傷口，幽默地對愛德華說。

愛德華氣得渾身發抖，他說：「等我成為一國之君，我一定會立刻讓你恢復自由之身！除此之外，我還要將那些不人道的法律統統從法典裡刪除！看來，國王應該親身體驗一下自己制定的法律，否則根本就不清楚那些律法對百姓來說有多麼嚴苛！」

幾天後，麥爾斯．亨頓的判決結果出爐了。他因為欺騙修男爵自己就是他的親哥哥，並企圖爭奪亨頓家的財產，所以被判處戴上枷鎖遊街示眾。儘管亨頓憤怒地辯解說他才是莊園名正言順的繼承人，法官卻完全不相信，還譏笑他簡直是癡人說夢話。最後，亨頓只好不得已接受判決。

另一方面，由於愛德華和亨頓一起闖入莊園，因此被視為共犯。他本該要受到同樣的懲罰，但法官念在他既只是個孩子，又是個精神不正常的人，所以只嚴厲地訓斥了他一頓。

隔天，亨頓戴著枷鎖被拖了出去，大街上擠滿了看熱鬧的民眾，有人對亨頓惡言相向，有人對他扔石頭，還有人向他潑糞水。愛德華看見自己的忠臣受到大家無情的嘲弄，於是奮不顧身地鑽到遊行隊伍的最前面，氣急敗壞地大喊：「你們太放肆了！還不趕緊放了他！」

亨頓一聽，連忙慌張地為他申辯：「典獄長大人，這孩子是個瘋子，請您不要見怪，讓他離開吧！」

「不能就這麼算了，我得教訓他一頓，讓他懂得禮貌才行！」典獄長說完，便命令下屬，「立刻去拿鞭子抽他幾下！」

這時，一個聲音從人群裡傳了出來：「至少抽他十鞭！」

典獄長轉頭一看，發現那人正是修男爵。他特意騎著馬來到這裡，想親自瞧瞧亨頓遭眾人唾棄的模樣。

愛德華氣得脹紅了臉，因為那些無禮之人居然要鞭打他神聖的身軀！歷史上也曾有一任國王受到嚴刑拷打，讓人生留下一個大污點，想不到時至今日，自己也得面臨這種屈辱！不過，有骨氣的愛德華寧願受辱，也絕不輕易求饒，因此他任由獄卒扒下他的衣服。

就在獄卒舉起皮鞭，正要打下去時，亨頓聲嘶力竭地大吼：「放開那孩子！就讓我來替他挨打吧！」

「這個主意太好了！喂，快把那小乞丐放了，讓這傢伙替他挨鞭子！」修男爵大笑著說。

愛德華正想插嘴，但修男爵的一句話讓他不敢再說下去。那邪惡的男人說：「小傢伙，只要你多說一個字，那個人就要多挨一下鞭子！」

獄卒將亨頓的上衣扒個精光，然後狠狠地朝他的背抽了幾下。愛德華不忍心看自己的忠臣受刑，於是把頭轉向一旁，眼淚撲簌簌地流了下來。

「麥爾斯子爵，你真是一個既勇敢又善良的人，我永遠也不會忘記你對我的恩惠！」愛德華心想。

亨頓的背部被打得皮開肉綻，但他仍一聲不吭地承受著所有的痛苦，這讓原本對他嗤之以鼻的群眾紛紛肅然起敬。鬧哄哄的大街頓時變得一片寂靜，只剩下獄卒揮動皮鞭的聲音。

懲罰結束後，愛德華走到亨頓身旁，並撿起地上的鞭子，用它輕輕地碰了碰亨頓的左手，悄聲說：「麥爾斯子爵，你的高尚品格和忠義精神令我敬佩，無論我做什麼，都無法表達我對你的感謝。現在，為了表彰你的高貴節操，我以國王的身分，授予你伯爵的爵位！」

亨頓激動得熱淚盈眶，可是又覺得有點好笑，因為他居然被一個發瘋的小乞丐用刑具授予爵位。不過，為了讓愛德華能在大庭廣眾下保住面子，他裝作嚴肅的模樣，向那孩子點了點頭，以示尊敬。

他想：「如今，我算是達到事業的巔峰了！短短幾日，我居然從男爵晉升為伯爵。看來再過幾天，我或許就可以成為那孩子的攝政王了。儘管那

些都是無憑無據的頭銜，但全都是他的一番好意，我必須好好珍惜才行。和權貴們靠鬥爭得來的爵位相比，我那由純真孩子所授予的榮耀更加寶貴！」

令人聞風喪膽的修男爵親眼看見亨頓受刑後，便騎著馬，揚長而去。圍觀的群眾都被那兩人的情誼深深打動，大家默默地看著他們，沒有人出聲打破那美好的氛圍。就在這時，一個晚來看熱鬧的人因為沒看見剛才發生的事，所以不停對亨頓破口大罵，還準備朝他扔去一隻死貓。所有人見狀，立即對他拳打腳踢，等那人嚇得落荒而逃後，四周才又恢復了平靜。

一會兒後，獄卒便把兩人放了，並且歸還了亨頓的寶劍和坐騎。他們倆分別騎著毛驢和騾子，漫無目的地往前進。臨走前，亨頓還向在遠處和他揮手道別的布雷克點點頭，示意他多保重。眾人見他們逐漸走遠，也就鳥獸散了。

亨頓很快就陷入一陣沉思，他想：「我該去哪裡才好呢？要是再度闖入亨頓莊園，恐怕就真的保不住性命了。看來，如果我想奪回家產，就得找一個有頭有臉的人幫助我才行，但是我該找誰呢？對了，布雷克總說新國王是一個非常善良的人，對處境可憐的百姓充滿憐憫之情。不如我去晉見國王，請他替我主持公道吧！假如國王不願意接見我，我還可以去找父親的朋友馬洛公爵，他為人正直，一定會站在我這邊的。」

確定前進的目標後，亨頓的心情逐漸開朗起來，他抬起頭來環顧四周，發現愛德華低著頭一語不發，似乎也正在想心事。亨頓的喜悅瞬間蒙上了一層陰影，因為他不知道那孩子是否願意再回到市中心。就他所知，愛德華在那裡除了受苦之外，什麼也沒享受到。

最後，他鼓起勇氣，問愛德華：「陛下，請問我們現在要去哪裡？」

「到市中心去！」愛德華不假思索地回答。

亨頓非常高興，但同時也感到有些驚訝。他們馬不停蹄地向前趕路，過了一陣子，終於來到了倫敦橋。這時，原本掛在橋上的某個頭顱掉了下來，正好落在亨頓的手肘上。他忍不住想著：「唉，亨利八世國王去世不過幾天，他為了彰顯自己的威嚴，特意在這裡掛上的反叛者頭顱，如今也已經不在原來的位置了，真是令人不勝唏噓呀！」

其中一位路過的民眾為了閃避那顆頭，不小心撞上了前面的人。那人轉過頭來，不分青紅皂白就給了對方一拳，後來又被對方的朋友打倒在地。倫敦橋本來就是個熙來攘往的地方，再加上隔天就是新國王的加冕大典，百姓們無不飲酒慶祝，自然更容易產生糾紛。不到五分鐘，幾乎橋上的所有人都被捲入了這場混亂之中。愛德華和亨頓被擁擠的人潮沖散，一眨眼的功夫，兩人就消失在彼此的視線裡了。

第八章　加冕大典

當真正的國王愛德華四處流浪、過著有一餐沒一餐的日子時，冒牌國王湯姆卻在豪華的皇宮裡，享受著被人盡心侍奉的生活。

上次說到湯姆的時候，他的帝王生活已經逐漸步入正軌，那兩場判決使他信心大增，也贏得了大臣和百姓們的尊敬。現在，他已經不再是那個什麼也不懂的小乞丐，而是一位有自信的準國王了。

湯姆漸漸適應了各種繁瑣的儀式，甚至在聽到臣僕們大喊「國王陛下萬歲」時，內心都會有一種飄飄然的感覺。他開始學著自己處理政務，不再仰賴赫德福公爵的協助。他喜歡接見各國使臣，並透過合作來提升國家的外交實力。出生「垃圾大院」的湯姆作夢也想不到，自己居然會有這一天！

縱使湯姆習慣了養尊處優的生活，他仍舊非常關心底層百姓的生活，並貫徹

仁政的理念。有一次，他的「姐姐」瑪麗公主和他爭論不休，因為她認為湯姆不應該赦免那些本該受到嚴厲處分的囚犯，而且瑪麗公主一再強調，他們的父王在位期間，曾一次處死七萬兩千多名的犯人，繼承王位的湯姆應當效法他。不過，儘管她費盡唇舌，湯姆仁慈的心始終沒有動搖。

那麼，湯姆已經把真正的國王忘得一乾二淨了嗎？不，他並不是那種卑鄙的人。起初，他非常擔心那位衝出去、企圖替他討回公道的王子。每天夜裡，他都坐在床上認真祈禱，希望愛德華能夠盡快回來，坐上本該屬於他的位置。然而日子一天天過去，愛德華還是杳無音訊。湯姆漸漸喜歡上現在的生活，甚至到了最後，他居然偷偷期盼真正的國王永遠不要回來，因為他害怕一旦那人返回皇宮，自己就會失去所有的一切。

湯姆對母親和姐姐的思念之情也有了一些改變。剛開始，他非常掛念她們，並希望能夠早日與她們團聚。然而隨著時間一久，他卻有些害怕了。萬一她們跑到皇宮來找他，自己的真實身分就會暴露，到時候，原本對他畢恭畢敬的朝臣肯定會粗暴地將他趕出宮，說不定還會被殘忍的瑪麗公主判處絞刑。一想到這裡，他就感到不寒而慄。最後，她們的臉孔逐漸從湯姆的腦海裡淡去。

隔天就是加冕典禮了，湯姆躺在舒適又柔軟的大床上，興奮得難以入眠。同一時間，真正的國王愛德華卻在街頭遊蕩，他的衣服在那場混亂中被人扯得破破爛爛，身上充滿了與人搏鬥所留下的傷痕。這時的他漫無目的地往前走，不知不覺來到了西敏寺大教堂。他又餓又累地站在那裡，看著工人們為明日的加冕大典做最後的準備。

隔天早晨，湯姆．康第剛從睡夢中甦醒，便聽到外面人聲鼎沸。百姓們為了一睹新國王的風采，一早就聚集到大街上。對湯姆來說，那些聲音如同音樂般悅耳，因為它們代表著全體人民衷心的祝賀。

按照自古以來的傳統，前往西敏寺大教堂參加典禮的皇家隊伍必須從倫敦塔出發，於是湯姆一行人風塵僕僕地趕到那裡。突然，堡壘的每一道縫隙都竄出了紅色的火舌，接著到處都響起了震耳欲聾的爆炸聲，蓋過了人群歡呼的聲音。幾分鐘後，倫敦塔便籠罩在一片白色的煙霧中，只剩下一座名為「白塔」的塔頂依稀可見，景象十分壯觀。

湯姆穿著一身華麗的衣裳，騎在一匹白色的駿馬上。他的舅舅赫德福公爵也騎著馬，緊跟在他的身後。湯姆的左右各有一列皇家護衛隊，個個都身穿金光閃閃的鎧甲，並頭戴鋼盔。他們隨侍在側，以保護國王的安危。赫德福公爵的身後跟著幾百名由僕人服侍的貴族，緊接著是倫敦市長、市議員和來自其他地區的首長。遊行隊伍浩浩蕩蕩地前進，人民的歡呼聲不絕於耳。

一路上，湯姆時而向民眾揮手致意，時而微笑地給予親切的問候。大家看到新國王和藹可親的模樣，都打從心底感到高興。湯姆看著大家熱情的臉孔，內心感到無比雀躍，他覺得做國王真的是一件非常幸福的事。

忽然間，湯姆在人群裡看到了兩個衣衫襤褸的孩子，他一眼就認出他們是和他生活在「垃圾大院」的朋友，一個是「湯姆王國」的海軍大臣，一個是服侍國王就寢的御寢大臣。唉呀，要是他們知道自己的朋友真的成為了英國的國王，該會有多麼震驚呀！不過，假如他們真的認出了自己，那他現在擁有的一切就會瞬間化為泡影，因此湯姆迅速地轉過頭，繼續接受眾人的祝賀。

盛大的遊行持續進行著，隊伍穿過一座又一座的拱門，還經過了許多模樣生動的歷代國王雕像。愛德華六世的雕像也在其中，它莊嚴地坐在寶座上，周圍鋪滿了各式各樣的鮮花。

一想到那些華麗的擺飾都是為自己準備的，湯姆不禁興奮得臉頰通紅，雙眼閃爍著光芒。就在他沉浸在歡愉的氣氛裡時，他突然瞥見了一個臉色蒼白的老婦人，正目不轉睛地瞪著自己。剎那間，湯姆感到背脊一陣發涼，因為那人正是他的母親！他為了躲避母親的視線，下意識用手背遮住了自己的雙眼。

湯姆的母親一看到這種情形，立刻拚命鑽出人群，來到他的身邊。她抱住湯姆的腿，一邊親吻，一邊顫抖地說：「你就是湯姆，對吧？噢，我可憐的孩子！你怎麼會在這裡？這究竟是怎麼一回事呀？」

湯姆在慌亂下，脫口說出：「我不認識你！」

護衛隊長立刻抓住她的胳膊，粗暴地將她扔回人群裡。湯姆看到自己的親生母親受到如此對待，簡直心如刀割，但他實在太害怕說出真相，只好任由這悲慘的情景在自己的眼前上演。就在母親快要消失在人群裡時，湯姆發現她轉過頭，看了自己最後一眼，眼神裡飽含了委屈和疑惑。湯姆剛才的自豪瞬間消失得無影無蹤，取而代之的是無止盡的羞愧與自責。

遊行隊伍繼續前進，人們的熱情絲毫沒有衰退的跡象，然而湯姆卻像行屍走肉般，對周圍的歡呼聲感到漠不關心。他再也感受不到高貴身分帶給他的喜悅與驕傲，皇室的一切彷彿一條隱形的繩索，緊緊地束縛著他。

「唉，真想擺脫這道沉重的枷鎖！」湯姆忍不住嘆了一口氣。

光彩照人的隊伍彷若一條綿延不斷的長蛇，穿過倫敦裡的大街小巷。市民的歡呼聲愈激昂，湯姆就愈感到羞愧，原本挺拔的英姿也變得畏畏縮縮，整個人顯得無精打采。大家高喊「國王陛下萬歲」時，湯姆的耳畔卻迴盪著剛才他對母親說的話。那句話不停折磨著他，讓他片刻不得安寧。

群眾注意到國王臉部表情的變化，於是漸漸停止了歡呼。大家憂心忡忡地看著國王，以為他是因為身體不舒服，臉色才變得那麼難看。

赫德福公爵注意到了這種情形，於是驅馬趕到國王身邊，並對他說：「陛下，現在不是分心的時候，百姓們看到您悶悶不樂的模樣，都感到非常擔心呢！請陛下恢復剛才神采奕奕的樣子，抬頭挺胸

地對熱情的民眾報以微笑吧！」

赫德福公爵說完後，便調轉馬頭，回到自己的位置。湯姆經他這麼一勸，才勉強抬起頭來，微笑著和大家揮手致意。人們一看到國王恢復精神，立刻又開始歡呼起來。

當隊伍即將抵達西敏寺大教堂的門口時，赫德福公爵再次來到國王身邊，悄聲說：「陛下，請您務必繼續保持微笑。接下來就是萬眾矚目的加冕大典了，可不能出任何差錯呀！唉，都怪那瘋女人冒犯了陛下，才擾亂了陛下的心情！典禮結束後，我一定會派人嚴厲處罰她！」

湯姆轉過頭，咬牙切齒地說：「她是我的母親！」

赫德福公爵詫異地回到自己的位置，小聲嘀咕：「天哪，國王陛下的病似乎又發作了！」

現在，讓我們倒退幾個小時，看看清晨四點的西敏寺大教堂。儘管天才矇矇亮，教堂裡卻已經擠滿了人。他們可以為了看國王戴上皇冠的那一剎那，在這裡坐上七、八個鐘頭，因為一生中可能就只能看到這麼一次。看臺被群眾擠得水洩不通，一些有錢但並非貴族的人，特地花費大筆金錢，買下能夠清楚觀看國王進場的座位。除了北邊的看臺空著之外，其他地方都坐滿了人，因為那裡是專門為上流人士所保留的包廂。

寬大的教壇鋪著精緻的地毯，國王的寶座就位在教壇的正中央。寶座上放著一塊扁平的黑色石頭，幾乎每一任國王都曾坐在那塊石頭上進行加冕，因此它後來就成為了神聖的象徵。

教堂一片寂靜，大家都一語不發地坐在位置上，等待神聖時刻的到來。時間一分一秒地流逝，微弱的曙光終於從教堂的窗戶透了進來，讓人們看清室內的各種擺設。

七點鐘時，枯燥沉悶的氛圍被打破了。一個身穿紅色天鵝絨衣裳的官員，領著一位優雅的貴婦走到北邊的看臺，另一位官員則捧著她的裙襬，緊隨其後。等貴婦就座後，官員替她整理了裙襬，並將貴婦的花冠放在合適的地方，方便她在典禮進行時，能夠輕鬆拿取。

一會兒後，其他貴婦領著她們的仕女魚貫而入，官員們彬彬有禮地引領大家入座，把她們安頓舒適。那些貴婦美麗又有自信，彷若一朵朵嬌豔的鮮花。她們身上的寶石熠熠生輝，簡直就像是在黑夜裡綻放耀眼光芒的繁星。有的貴婦白髮蒼蒼，甚至參與了先王理查三世的加冕大典；有的是正值青春年華的活潑小姐，她們看上去有些緊張，深怕自己不小心做出不合禮儀的行為。

時間緩緩流逝，忽然間，教堂外響起了一陣隆隆的禮炮聲，由國王領頭的遊行隊伍終於抵達了！不過，國王並沒有馬上現身，而是先到別處梳妝打扮。這段期間，全國上下的貴族們陸續走進了大廳，坐在看臺上的民眾頓時睜大雙眼，目不轉睛地注視著那些身分高貴的公爵、伯爵和男爵。平日裡，大家幾乎沒什麼機會可以見到那麼多的高官，因此他們想將那壯觀的場景牢牢刻在腦海裡，等日後再說給自己的子子孫孫聽。

過了一會兒，身穿法袍、頭戴法帽的教皇，率領大批神職人員走上教壇。隨後，赫德福公爵和幾個國王的貼身大臣也走了進來，他們的身後跟著一支穿著盔甲的皇家護衛隊。緊接著，隨著神聖的樂聲響起，身穿高貴皇袍的湯姆．康第終於出現在教堂的大門口。坐在位置上的人們立刻站了起來，向他們的新國王表達最崇高的敬意。

湯姆在眾目睽睽之下，緩緩地走向教壇，並坐上了神聖的寶座。各種傳統儀式在反覆演奏的聖樂中進行著，所有人都屏氣凝神地觀賞著這莊嚴的場面。隨著典禮逐漸來到尾聲，湯姆的臉色變得愈來愈難看，他的內心充滿了自責、愧疚與絕望。看來，他的一生注定要在這豪華的牢籠裡度過了。

這時，加冕儀式來到最後一個，也是最重要的一個項目。教皇謹慎地捧起放在軟墊上的皇冠，準備戴在湯姆的頭頂上。所有的爵士和貴婦們見狀，紛紛舉起放在一旁的帽子和花冠，以示尊敬。

忽然間，一個衣著破爛的男孩現身在教堂的另一端。他憤怒地指著湯姆，聲嘶力竭地大喊：「等一等！不准把皇冠戴在那冒牌者的頭上！看清楚，我才是真

正的國王！」

衛兵一個箭步衝上來，他拽著男孩的手臂，打算把他拖出去。不料，湯姆卻快步衝上前，大聲斥責：「不許碰他！他的確是真正的國王！」

在場的所有人都目瞪口呆地站在原地，他們茫然地看著眼前的景象，覺得自己彷彿身處在一個奇妙的夢境裡。

赫德福公爵也和大家一樣驚愕，但是他很快就鎮定下來，厲聲說：「別理會陛下的話，他因為舊疾復發才會那樣說。衛兵，趕緊把那個胡言亂語的小乞丐抓起來！」

衛兵正要按他的話去做，湯姆卻氣急敗壞地大叫：「要是誰敢違抗我的命令，我就當場處死他！我再說一次，他才是真正的國王！」

衛兵立刻把手縮了回去，一動也不敢動。大家啞口無言，不知道該怎麼解決眼前的難題。那男孩神色自若地朝教壇走去，湯姆連忙迎上前，撲通一聲跪在地上，激動地說：「國王陛下，您終於回來了！請讓小的獻上忠誠，並請陛下戴上皇冠，行使應有的權力！」

赫德福公爵和其他大臣的心也開始有些動搖，他們瞪著兩個男孩的臉，各自在心裡想著：「天哪，那兩個孩子簡直長得一模一樣！究竟哪一個才是真正的英國國王呢？」

赫德福公爵沉思了一會兒後，慎重地對愛德華說：「恕我冒昧，我有幾個問題想請教你，你願意回答嗎？」

「當然可以。」

接著，赫德福公爵問了他許多關於皇宮、先王、王子和公主的問題，那個衣衫襤褸的孩子居然全都答了出來，而且還詳細地描述了皇宮裡每個房間的格局和擺設。在場的所有人開始議論紛紛，大家都對此嘖嘖稱奇，有些人甚至相信那個男孩就是真正的愛德華六世。

湯姆看到眾人的反應後，暗自鬆了一口氣。就在他認為自己終於可以卸下重擔時，赫德福公爵卻搖著頭說：「雖然你的回答全部正確，但這並不能代表你就是真正的國王，因為現在的這位陛下，也都對剛才的問題瞭若指掌。」

湯姆一聽到這句話，心裡頓時涼了半截，眼見自己的希望就要破滅，他不禁變得焦躁起來。

忽然間，赫德福公爵想到了一個好主意，他問穿著破爛的男孩：「你知道先王的大玉璽在什麼地方嗎？這個答案只有真正的王子殿下才知道，要是你答得出來，就代表你確實是愛德華六世！」

大家都認為赫德福公爵說的話很有道理，個個都把眼睛瞪得大大的，等待著男孩的回答，只見愛德華很有自信地說：「沒問題！」

接著，他轉過身，熟練地對其中一位大臣說：「聖約翰勛爵，你最清楚我寢室的格局了，因此就由你去把它找出來吧！在靠近房門的牆上，有一個不起眼的小釘子，你只要輕輕按一下，就會彈出一個裝有大玉璽的珠寶箱。這個祕密裝置除了我和當初製造它的工匠知道以外，沒有其他人知道。」

群眾們看到男孩自然地叫出大臣的名字，並毫不猶豫地說出大玉璽的下落，都覺得非常不可思議。聖約翰勛爵聽到後，立刻站了起來，準備去執行命令。可是，他其實並不完全相信那男孩說的話，因此他站在原地猶豫不決，思考著那些話的可信度。

這時，湯姆．康第轉過頭，厲聲斥責：「你怎麼還在這裡？難道你沒有聽見陛下的命令嗎？快去呀！」

聖約翰勛爵慌張地行了一個禮之後，便出去了。

不久之後，聖約翰勛爵回來了。他快步走向教壇，所有人都全神貫注地看著他，緊張得連大氣也不敢出。在這一片死寂的教堂裡，聖約翰勛爵的腳步聲顯得異常突兀，每個人的目光都隨著他移動。

他徑直走到湯姆．康第的面前，恭敬地行禮後，說：「陛下，房間裡確實有那人所說的祕密裝置，但裡面並沒有大玉璽。」

原本相信愛德華的人一聽，立刻對他投去輕蔑的眼神，彷彿那個男孩踐踏了大家對他的信任。

赫德福公爵氣急敗壞地大叫：「衛兵，立刻把那個小乞丐拖出去，並用力抽他十鞭！那傢伙簡直是在浪費大家的時間！」

衛兵馬上朝男孩奔去，但是湯姆擋在愛德華的面前，生氣地說：「站住！誰要是敢動他一根寒毛，我就讓他的腦袋搬家！」

赫德福公爵簡直進退兩難，他臉色鐵青地問聖約翰勛爵：「你仔細檢查過房間的每個角落了嗎？那麼大的一個金塊，怎麼可能不翼而飛呢？」

湯姆的眼睛頓時為之一亮，連忙大聲說：「等等！你說的那個東西是不是圓的？上面還刻著字母和花紋？啊，原來它就是你們一直在尋找的大玉璽呀！要是你們早點向我描述它的外觀，就不用為此煩憂那麼久了。我知道大玉璽在什麼地方，但那並不是我放的。」

「陛下，那麼是誰放的呢？」赫德福公爵疑惑地問。

「就是站在那裡的那個男孩！只要他親自說出大玉璽的下落，就能向大家證明他是真正的愛德華六世！」

湯姆說完後，轉向愛德華，恭敬地說：「陛下，請您仔細回想一下我們初次見面的那一天，當時您為了替我討回公道，穿著破爛的衣裳衝出寢殿，去找傷害我的那名衛兵理論。離開前，您做了一件事，記得嗎？」

大家的目光都聚集在愛德華身上，只見他雙眉緊蹙，一語不發地低著頭，企圖從腦袋裡找出那個模糊的記憶。只要他記起大玉璽擺放的位置，就能夠恢復高貴的身分；相反地，要是他想不起來，就得永遠維持小乞丐的模樣了。時間緩緩流逝，五分鐘過去了，愛德華仍舊沒有做出任何回應。

最後，他嘆了一口氣，沮喪地搖了搖頭，用顫抖的聲音說：「我回想了那天發生的所有事情，但就是想不起來玉璽放在哪裡。各位大臣，如果這是證明我身分的唯一方法，那麼我恐怕要辜負大家對我的期望了。既然如此，即使你們剝奪了我原本應有的權利，我也不會多說什麼……」

湯姆驚慌地大叫：「陛下，千萬別放棄，您再好好想一想吧！那天，您把我帶到您的寢室，又吩咐僕人準備了許多美味的食物，為了不讓我感到彆扭，您特意支開了所有的隨從。接著，我就一邊狼吞虎嚥地用餐，一邊回答您的問題，我還向您提起我的雙胞胎姐姐南西和貝蒂。太好了，您還記得！後來，我又和您聊了我那脾氣暴躁的奶奶，以及有關『垃圾大院』的事情。對，就是這樣！陛下，您漸漸找回記憶了！」

湯姆詳細地說明了那天發生的每個細節，衣著破爛的男孩則一邊聆聽，一邊認同地點點頭。在場的所有人都茫然地看著他們，根本不明白兩人在說些什麼。更何況，他們簡直無法相信王子和乞丐居然共處一室！

「陛下，為了體驗彼此的身分，我們互相交換衣服穿，然後站在一面大鏡子前，訝異地發現我們倆的外表簡直一模一樣。就在這個時候，您發現那名衛兵扭傷了我的手，便氣得衝出去，說要狠狠修理他一頓。離開寢殿前，您經過了一張桌子，上面放著那塊玉璽。您拿起它，急切地環顧四周，想找個安全的地方把它藏起來。接著，您就看到了……」

突然，衣衫襤褸的男孩激動地大叫：「湯姆，謝謝你，我想起來了！聖約翰勛爵，玉璽就藏在牆上掛著的那件盔甲裡，快去把它取來吧！」

湯姆興奮地歡呼：「沒錯！陛下，您終於想起來了！聖約翰勛爵，你還愣在那裡做什麼？還不趕快去把玉璽拿來！」

圍觀的群眾再一次陷入不安的等待中。過了一會兒，當大家看見聖約翰勛爵拿著玉璽回來時，立刻激昂地歡呼：「真正的國王陛下萬歲！」

如雷的掌聲和呼喊聲持續了整整五分鐘，所有人都高興地把手中的白手絹扔向空中，景象彷如大雪紛飛般壯觀。愛德華看著眾人跪拜在他的腳下，內心感到無比欣慰。

等人們站起身後，湯姆脫下高貴的皇袍，對愛德華說：「陛下，請換上屬於您的服飾，並把那身破爛的衣裳還給卑賤的小人吧！」

「衛兵，立刻把那個騙子關進倫敦塔！」赫德福公爵怒吼。

愛德華一聽，立刻瞪著赫德福公爵，厲聲說：「不准這麼做！要不是他，我恐怕一輩子也無法恢復身分。至於你，赫德福公爵，我聽說你已經被封為攝政王了，可是行事怎麼如此莽撞？你和我生活了這麼多年，居然認不出誰才是真正的王子，真是應該感到慚愧！」

赫德福公爵的臉瞬間變得通紅，尷尬地往後退了一步。

愛德華轉向湯姆，親切地問：「湯姆，你怎麼會記得玉璽放在哪裡呢？你是不是曾把鎧甲從牆上取下來？」

「是的，陛下，而且我已經使用過許多次了。」

「什麼？你居然使用過了？那麼，你怎麼不把玉璽存放的位置，告訴赫德福公爵呢？」

「陛下，那是因為大臣們不曾向我描述玉璽的外觀，所以我完全不曉得原來那個東西就是玉璽。」

「原來如此，那麼你拿它來做什麼呢？」

湯姆紅著臉，一語不發。

「你不用害怕，就只管說實話吧。」

湯姆猶豫了一會兒，才小聲回答：「我用它砸開胡桃。」

這句話引起了一陣哄堂大笑。有些人原本還非常篤定湯姆才是真正的國王，聽到他這麼一說，立刻就把那個可笑的想法拋在腦後了。

赫德福公爵見事情真相大白，連忙宣布重新舉行加冕典禮。愛德華披上高貴的皇袍，並莊嚴地坐上寶座。教皇將皇冠戴在愛德華頭上的那一瞬間，教堂內迸發出一陣高聲的歡呼。隨後，禮炮聲響徹雲霄，向全倫敦傳達喜訊。

第九章　國王愛德華六世

麥爾斯．亨頓尚未捲入倫敦橋上的那場混亂前，就已經非常狼狽了。他好不容易從大夥兒的紛爭裡逃脫，卻發現身上僅有的一點錢，已經被人神不知鬼不覺地偷走了。不過，亨頓現在擔心的不是自己，而是那個孩子的下落。

他想：「那個小傢伙究竟跑到哪裡去了？他精神不正常，又沒有人陪伴在他身邊，現在一定絕望到了極點。對了，他或許會到我之前下榻的客棧去找我，不如我到那裡去看看吧！」

於是，亨頓飛也似地趕到客棧，他向店裡的夥計打聽，對方卻說那個孩子並沒有回到這裡來。亨頓有點兒失望，但他仍然打起精神，不停地在狹窄的巷子裡鑽來鑽去，試圖找到那個孩子的身影。時間一分一秒地過去，最後他還是一無所獲。亨頓累得一步都走不動了，他來到一道籬笆的背風處躺了下來，不一會兒就

進入了夢鄉。

第二天中午，亨頓終於迷迷糊糊地醒來了。他來到河邊梳洗一番，接著又繼續尋找那個自稱是國王的孩子。他漫無目的地往前走，不知不覺來到了西敏寺大教堂附近。就在這時，教堂內傳來了人民的歡呼聲，幾分鐘後，轟隆隆的禮炮聲伴隨著呼喊聲響徹雲霄。百姓們見到這種情形，紛紛激動地說：「太好了！新國王正式即位了！」

亨頓聽到人們的話後，立刻改變了主意，他決定先去找馬洛公爵借錢，再請對方協助搜尋那個孩子的下落。他走了好長一段路，終於抵達皇宮門口。不過，他認為衛兵絕對不可能放衣著破舊的自己進去，所以他站在原地，一一掃視路過的民眾，希望能夠找到一位值得信賴的好心人，替他向馬洛公爵傳話。

這時，代鞭童漢弗萊從皇宮裡走了出來，他伸長脖子到處張望，看起來似乎在找人。接著，他的目光落在了亨頓的身上，他上下打量了亨頓一番後，自言自語地說：「啊，那個男人就是陛下要我找的流浪漢吧！他的外表及服飾和陛下描述得一模一樣。好，我就先去和他搭話吧！」

亨頓早已發現漢弗萊一直盯著自己看，於是他等對方走過來後，就先開口詢問：「我看你從皇宮裡走出來，難道你在宮裡任職嗎？」

「是的。」

「那麼，你認識馬洛公爵嗎？」

漢弗萊壓根就沒聽過這個名字，不過為了問出亨頓的身分，他一本正經地回答：「認識，而且我們關係很好。」

「真是太好了！他現在在宮裡嗎？」

「在。」

「能否麻煩你通知馬洛公爵一聲，說我有急事要與他商量？我是理查・亨頓男爵的兒子麥爾斯・亨頓。你只要那樣說，他就會明白了。」

漢弗萊一聽到亨頓的名字，忍不住暗自竊喜，心想：「他果然就是陛下要我找的人！我得趕緊回去呈報才行！」

接著，他故作鎮定地回答：「沒問題，請您先在這裡稍等一下。」

亨頓焦急地來回踱步，等待馬洛公爵傳他進宮。這時，幾名衛兵從亨頓身邊經過，他們見亨頓衣衫襤褸、形跡可疑，便立刻抓住他，對他進行搜身。

可憐的亨頓苦笑著說：「你們儘管搜吧！但願能替我找出一枚硬幣，讓我可以買些食物充飢。」

衛兵們搜索了一陣子後，只在他的口袋裡找到了一封信。侍衛長粗暴地撕開信封，亨頓一看，馬上就認出這是那個孩子在監獄裡寫的「鬼畫符」。他本以為那只是一封無傷大雅的惡作劇信，可是當侍衛長用英文唸出內容後，他的臉色變得愈來愈難看。

侍衛長把信讀過一遍後，嚴肅地命令：「我們國家居然又出現了一個自稱是國王的人！你們給我把這傢伙看牢，我現在就去將這封信呈給陛下！」

亨頓連忙向侍衛長解釋，說那封信出自一個精神不正常的孩子之手，千萬別將信裡的內容當真，但侍衛長仍一個勁地朝皇宮走去。

亨頓見情況沒有轉圜的餘地，只好任憑他們擺布。他心想：「唉，這下子真的完蛋了！或許我和那孩子會被處以絞刑呢！」

不久之後，侍衛長匆匆跑了回來。亨頓閉上眼睛，準備坦然面對所有考驗。不料，侍衛長不僅命令衛兵們放開他，並歸還寶劍，還畢恭畢敬地向亨頓行了一個禮，然後說：「請您隨我到宮裡去。」

他們穿過人群來到皇宮大門前，侍衛長向亨頓敬禮後，便把他交給了一位衣著華麗的官員。那名官員也對亨頓十分客氣，他引領亨頓穿過一個氣派的大廳，又帶他走上寬敞的螺旋狀階梯，最後來到了一個豪華的房間。官員向亨頓行了一個禮，然後默默地退了出去。屋內有許多身分尊貴的爵士和夫人，他們見到外表寒酸的亨頓，忍不住開始議論紛紛。

亨頓感到莫名其妙，他呆愣地站在原地，不知道該如何是好。這時，原本正在和大臣談話的國王抬起頭來，微笑地看著那名不知所措的男子。亨頓見到國王的真面目後，嚇得張大了嘴，因為那人正是他費盡千辛萬苦在找尋的孩子呀！過於震驚的他不禁脫口大喊：「天哪！真的是你嗎？」

亨頓瞪大雙眼，看了看屋內華麗的擺設和站在一旁的貴族，喃喃自語地說：「這一切都是真的，絕對不是我在做夢！」

他又凝視著國王，心想：「那個孩子究竟是真正的國王，還是瘋瘋癲癲的小乞丐？誰能替我解開這個謎？」

突然，一個想法掠過了他的腦海。他從牆邊搬來一張椅子，然後用力地往地上一放，接著一屁股坐了下去。

那些知書達禮的貴族們被亨頓的舉動嚇了一大跳，其中一人衝上前抓住他的手臂，大聲訓斥：「快起來！你這傢伙居然敢和陛下平起平坐！」

國王見狀，立刻大聲說：「住手！那是我賦予他的權利！」

那人一聽，連忙鬆開手，並往後站了一步。

國王接著說：「大家聽著，這位就是我最忠實的大臣麥爾斯．亨頓。當我流浪在街頭時，是他拯救了我的性命，也是他代替我承受了鞭刑，因此我決定授予他公爵的爵位，並賞賜他適當的金幣和領地。另外，經過我仔細調查，我發現麥爾斯公爵才是亨頓莊園的優先繼承人，所以我在此判決莊園的所有一切，從今以後應歸他所有。除此之外，鑒於麥爾斯公爵對我的忠誠，我已經親自賦予他及他的後代子孫在國王面前坐著的權利，而且只要英國皇室持續存在，這項特權就不會消失。」

亨頓聽完國王的話後，如夢初醒，高興得手足無措。他喃喃自語地說：「天

哪，原來那個孩子真的是英國國王！我總以為他是一個精神不正常的小乞丐，沒想到他說的話都是事實。當初我還想帶他到亨頓莊園見見世面，如今想起來真是慚愧呀！」

亨頓激動地跪在國王面前，並緊緊握住國王的手。他熱淚盈眶地對國王的賞賜表達感謝，然後恭敬地站到一旁。

在這個房間裡，瞪大雙眼看著國王和亨頓的還有兩個人，就是修男爵和伊迪絲小姐。修男爵見情勢對自己相當不利，本想偷偷溜出去，但國王早已發現了那可惡的壞蛋。他看到修男爵打算逃跑，怒不可遏地大吼：「來人，立刻把修．亨頓押入地牢，等候處置！」

就這樣，原本意氣風發的修男爵被帶走了。

這時，房間的另一端出現了一陣騷動。湯姆．康第穿著華麗的服飾，在官員的引導下，來到了國王面前。

當湯姆恭敬地跪在地上時，國王親切地對他說：「我已經從大臣們那裡聽聞過去幾週的情況了。湯姆，你用你的仁慈把國家治理得很好，我真的十分感謝。對了，你找到你的母親和兩位姐姐了嗎？噢，那真是太好了！你終於可以放下心中大石了。至於你的父親和奶奶，我們再一起商量該如何處置。另外，我任命你為基督慈善學校的校長。那裡的孩子除了每天衣食無虞，還必須接受教育，以提升內在修養。湯姆，我相信你一定會做得很好的。」

湯姆開心地站起來，吻了一下國王的手，然後跟著剛才那名官員走出房間。他飛快地跑回家，與母親及姐姐們分享喜悅。

幾週後，修男爵積鬱成疾，最終病逝在牢裡。重獲自由的伊迪絲嫁給了麥爾斯公爵，愛德華還親自擔任他們的見證人。至於湯姆的父親及奶奶的下落為何，無人知曉。

在此之後，國王派人找到了那名老律師，將他從監獄裡放出來，並還給他三千鎊。此外，他還為那兩位遭受火刑婦人的女兒安排住所，並嚴懲了那名下令鞭打亨頓的典獄長。

國王在世時，總是不厭其煩地向別人講述那段奇妙的遭遇。他會從自己被衛兵誤認為乞丐，然後被趕出皇宮那刻開始說起，一直講到他趁著工人不注意時偷偷溜進西敏寺大教堂，還因為躲在塔裡睡覺差點錯過加冕典禮才結束。他說，只有以那些經歷為借鏡，才能為百姓們提供更好的生活。

麥爾斯．亨頓和湯姆．康第一直是國王最器重，也是和國王最親近的人，國王過世時，他們倆的悲痛簡直難以用言語來形容。麥爾斯公爵並沒有濫用他那可以在國王面前就坐的特權，他一生中只使用了兩次：一次是瑪麗女王的加冕典禮上，另一次則是伊莉莎白女王登基的時候。

隨著時間的流逝，大家逐漸淡忘了亨頓家族的這項特權。因此，當亨頓家族的一位公爵一屁股坐在查理一世國王的面前時，引起了不小的轟動。不過，查理一世聽完那位公爵的解釋後，還是認可了那個屬於他們家族的權利。在那之後，那項特權便隨著亨頓家族最後一位公爵的去世而消失了。

湯姆．康第活了很久，由於他為人和藹可親，又把基督慈善學校治理得有聲有色，因此一直到死後，都備受人們的尊敬與愛戴。無論他走到哪裡，大家都會為那位曾短暫執政的國王讓路，並向他敬禮。

國王愛德華六世上任後沒幾年就撒手人寰，但後人都給予他相當高的評價。他在位期間，貴族和法官們經常為他修訂律法而和他爭論，他們認為國王矯枉過正，而且人民對於現行的法律並沒有表示不滿，實在不必大費周章地請立法委員們重新擬定條文。每當這種時候，愛德華六世便會用憐憫的口吻說：「你們對痛苦和壓迫了解多少？等你們親身體會過後，再來反駁我的言論。」

在那個嚴酷的時代，愛德華六世是少數施行仁政的國王。雖然故事已經結束了，但他的事蹟會永遠留存在大家的心中。

審視現在，展望未來

別讓追名逐利成為生活的重心

史顧己住在陰冷潮濕的倫敦，他一毛不拔、待人刻薄，甚至連乞丐都不願向他乞討。就在聖誕節前夕，已故合夥人馬利突然出現在他的眼前，警告他別因為在世時一心貪戀錢財，死後落得和他一樣悽慘的下場。爾後，三位分別代表過去、現在和未來的幽靈陸續來訪，帶領史顧己觀看各種發生過及未來將發生的事情。經歷了這段不可思議冒險的史顧己，會從中得到什麼啟示？他能夠扭轉未來，重新展開新的人生嗎？

培養文學素養最佳啟蒙讀物

大師名著

查爾斯・狄更斯

Charles Dickens

【英國】

☆ 十九世紀大文豪的經典巨作

☆ 此生絕對不能錯過的聖誕故事

市民 V.S. 貴族

狐狸列那由於意外解救了獅王，因此從市民晉升為男爵，並賜居在馬貝渡的一座宏偉城堡裡。此後，他處心積慮地接近那些握有權勢的動物，企圖將他們扳倒，建立一個平等的國家。在上流社會打滾一陣子後，列那認識了一些權貴，例如公狼葉森格倫、花貓梯培、公雞尚特克雷、獅王的親信狗熊勃倫等動物，甚至和獅王、獅后也是相當熟稔的老朋友。他一步一步對平時迫害百姓的貴族施展復仇計畫，然而卻遭受敵人陷害，使得獅王不再寵信於他。究竟列那能否突破重圍，擊垮存在已久的惡勢力呢？

大師名著

M・H・吉羅夫人

【法國】

培養文學素養最佳啟蒙讀物

☆ 危機四伏的動物王國歷險

☆ 流傳已久的經典反封建故事

水孩子
The Water-Babies
通往成長的奇幻水底世界
大師名著
查爾斯・金斯萊
Charles Kingsley
【英國】
大師名著
004
水孩子
通往成長的奇幻水底世界

小心許願！

免得落入可怕的窘境

五個孩子趁父母出遠門時，跑到新家附近的砂石坑玩耍，沒想到卻意外挖出了一個神祕的沙仙。牠從好幾千萬年前就已經存在於這個地球上，而且還能夠實現任何心願。孩子們興奮極了，迫不及待地向沙仙提出各式各樣的願望，然而不管是真心的願望，還是無心的希望，全都讓他們陷入了棘手的困境。更糟糕的是，沙仙最後對孩子們感到不耐煩，而拒絕幫助他們收回心願！究竟這些孩子該如何解決自己造成的麻煩？生氣的沙仙是否會網開一面，大發慈悲地援助他們呢？

大師名著

伊蒂絲・內斯比特

Edith Nesbit

【英國】

培養文學素養最佳啟蒙讀物

☆ 二十世紀奇幻小說開山之作

☆ 啟發《哈利波特》的暢銷兒童讀物

大師名著系列 010
乞丐王子
角色互換的奇妙歷險
ISBN 978-986-99212-8-2 / 書 號：RGC010

作　　者：馬克．吐溫 Mark Twain
編　　輯：張雅惠
插　　畫：咚東
美術設計：巫武茂、張芸荃

出版發行：目川文化數位股份有限公司
總 經 理：陳世芳
發行業務：劉曉珍
法律顧問：元大法律事務所 黃俊雄律師
地　　址：桃園市中壢區文發路 365 號 13 樓
電　　話：(03) 287-1448
傳　　真：(03) 287-0486
電子信箱：service@kidsworld123.com
劃撥帳號：50066538

乞丐王子 / 馬克．吐溫 (Mark Twain) 作．-- 初版．-- 桃園市 : 目川文化數位股份有限公司，民 110.01
面； 公分．--（大師名著 ; 10）
譯自 : The prince and the pauper.
ISBN 978-986-99212-8-2(平裝)

874.596　　109020631

網路書店：*www.kidsbook.kidsworld123.com*
網路商店：*www.kidsworld123.com*
粉 絲 頁：FB「悅讀森林的故事花園」

印刷製版：長榮彩色印刷有限公司
總 經 銷：聯合發行股份有限公司
地址：新北市新店區寶橋路 235 巷 6 弄 6 號 4 樓
電話：(02) 2917-8022

出版日期：2021 年 1 月（初版）
定　　價：320 元

建議閱讀方式

型式	圖圖圖	圖圖文	圖文文		文文文
圖文比例	無字書	圖畫書	圖文等量	以文為主、少量圖畫為輔	純文字
學習重點	培養興趣	態度與習慣養成	建立閱讀能力	從閱讀中學習新知	從閱讀中學習新知
閱讀方式	親子共讀	親子共讀 引導閱讀	親子共讀 引導閱讀 學習自己讀	學習自己讀 獨立閱讀	獨立閱讀